Bunter Stoff

Sechs Frauen sitzen in ihrem Stammcafé und feiern ihr dreißigjähriges Jubiläum. Ein spannender Rückblick in die achtziger Jahre im Osten Deutschlands. Einmal wöchentlich trafen sie sich in einer Kulturhausvilla zum Nähen und kreativen Gestalten von Kleidungsstücken. Es wurden Modenschauen organisiert. Ein Hobby, das die Frauen bis heute verbindet. Jede Protagonistin hat ein Eigenleben mit ihren Alltagssorgen, Ängsten und Nöten. Doch die Gruppe hält zusammen. Freundschaft verbindet. Die Zeit der achtziger Jahre, bis hin zur Wendezeit hat ihre Tücken. Was sich so leicht, fröhlich und locker anfühlt, ist einer Diktatur unterworfen, der sich niemand entziehen kann.

Autorin - Christiane Schlenzig lebt heute in der Oberlausitz bei Bautzen.
Seit 2008 Mitglied im Berufsverband junger Autoren Bonn/Leipzig. Veröffentlichungen in Anthologien und bei Literaturwettbewerben.
Sie schreibt Autobiografisches und Fiktives, gesellschaftskritische Gegenwartsliteratur. 2012 erschien im Engelsdorfer Verlag ihr Debüt Roman: Flügel im Wind, 2014 Roman: Zeit zwischen Nacht und Tag, 2016 Kraniche im Ruderflug-Erzählungen, 2017 Roman Wenn jede Stunde zählt, 2019 Roman Unebene Wege, 2020 Roman Flügel zitternd im Wind, 2.Aufl.

www.christiane-sc]

Christiane Schlenzig

BUNTER STOFF

Roman

Bibliografische Information durch die
Deutsche Nationalbibliothek:
Die Deutsche Nationalbibliothek verzeichnet diese
Publikation in der Deutschen Nationalbibliografie;
detaillierte bibliografische Daten sind im Internet
über http://dnb.dnb.de abrufbar.

ISBN 9783754327814

© 2021 Christiane Schlenzig
www.christiane-schlenzig.de
© Umschlaggestaltung:
 by Uta Schlenzig, Leipzig

Herstellung und Verlag: BoD – Books on Demand,
Norderstedt

Printed in Germany

Eine der wichtigsten Eigenschaften
wahrer Freundschaft ist zu verstehen
und verstanden zu werden.
Lucius Annaeus Seneca

Für

Andrea, Angelika,
Irmi, Isolde, Regina.

PROLOG

Viel zu früh stehen sie erwartungsvoll auf dem Bahnsteig. Als der Zug endlich einfährt, spuckt er Jugendliche mit Laptoptaschen, Schüler mit ihren Rucksäcken und Reisende mit Koffern aus.

Aufgeregt suchend halten die Freundinnen Ausschau. Eine schwierige Aufgabe Ina zwischen dem Menschenpulk zu entdecken.

Als der Bahnsteig sich lichtet, sehen sie am Ende des Zuges eine ältere Dame in dunkelblauem Kostüm. Ein leuchtendrotes Tuch um den Hals geschlungen. Umstellt von zwei großen Koffern.

Die Hochsteckfrisur ist von grauen Strähnchen durchzogen. Vage erkennen sie die Freundin.

Sie winken, doch Ina rollt ihre Koffer, ohne sich umzuschauen, zum Taxistand, hebt den Arm, als demonstriere sie einen Zaubertrick und nähert sich einem Taxi.

»Das gibt es doch nicht, stolziert an uns vorbei, als käme sie von einem anderen Planeten.«

Eva rennt ihr hinterher:

»Hallo Ina. Du bist es doch, oder?«

Indem sie sich umdreht, wäre die Lady fast über ihre Koffer gestolpert.

»Oh, ich habe euch wirklich nicht erkannt.«

»Sag jetzt nicht, wir wären alt geworden.«

Sie lachen und liegen sich in den Armen.

Helene nimmt die Koffer an sich und zieht sie geräuschvoll zu ihrem Auto. Sie fahren über die Spreebrücke mit dem beeindruckenden Blick auf die Altstadt, die Stadtmauer mit den Wehrtürmen, die alte Burg und den Dom.

Ina sitzt vorn und redet aufgeregt.

Aus der schweigsamen, stillen Ina ist eine redegewandte Frau geworden.

Alles ist wieder da. Die Zeit, da sie frisch verliebt Hand in Hand mit Arno durch die Gassen der Altstadt lief.

Die Zeit, als er mit seiner Musikbox die Modenschauen begleitet hatte.

Zeit der Angst, als sie fröstelnd, zitternd mit Arno aus dieser Stadt flüchtete.

Sie legt beim Reden eine Atempause ein, zeigt, als sie ins Zentrum fahren, auf das neue Einkaufscenter: »Super, ist ja wie im Westen.« Eva klopft vom Rücksitz empört auf Inas Schulter: »Na sag mal, du denkst wohl nach dieser langen Zeit immer noch in zwei Welten?« Als habe sie die Worte der Freundin nicht gehört, schwatzt sie weiter. »Wir kommen zurück«, sie hebt anerkennend den Daumen hoch. »Arno hat sich für eine Assistenzarztstelle im Oberlausitzklinikum beworben. Wir haben am Schülertor eine Wohnung gemietet. Sie muss nur noch renoviert werden.«

Die Autofahrt vom Bahnhof in die Innenstadt gleicht einer Zeitschleuse, die Ina im Schnell-durchlauf für die Freundinnen geöffnet hat.

Am Ibis Hotel setzen sie die Freundin ab, tragen ihr die Koffer zur Rezeption und verabschieden sich.

»Bis morgen Nachmittag siebzehn Uhr in unserer Stammkneipe.«

»Und bitte pünktlich, okay?«

Sie treffen sich im Café am Postplatz. Ein Café, das es schon vor dreißig Jahren gab. Mit Stühlen und Tischen aus dunklem Holz, histori-schen schwarz-weiß Fotos an den Wänden.

In den neunziger Jahren hatte es sich schnell von der Vergangenheit verabschiedet. Es sieht nun genauso aus wie alle Cafés der Welt.

Bunte abstrakte Acrylbilder an den Wänden. Eine lange Bar, eine Espressomaschine, die ununter-brochen gurgelt und zischt.

»Heute feiern wir ein Jubiläum«, sagt Eva. Der Kellner schiebt sich galant mit seinem Tablett an den herumstehenden Koffern und Taschen vorbei. Nachdem er die Sektgläser verteilt hat, zeigt er auf die alten Lederkoffer: »Da habt ihr euch ja etwas Lustiges einfallen lassen. Wer ist denn der Jubilar?«

»Wir alle«, ruft Eva.
»In den Koffern ruht unsere Vergangenheit.«
Sie steht auf und erhebt ihr Glas:
»Auf unsere dreißigjährige Freundschaft!«

Sie reden über Wichtiges, Unwichtiges.
Schwatzen, erinnern sich.
Wie sie so dasitzen, sind sie alle irgendwie noch sie selbst, ohne Verkleidungen und Alterskrusten.
»Modemädels« nennen sie sich.
Warum?
Das ist eine lange Geschichte …

1984 – Die VERNISSAGE

Die Villa umgeben von einer weitläufigen Parkanlage. Hecken, Sträucher, Bäume säulenartig zu beiden Seiten des Weges. Efeu windet sich um die Stämme.

Sie gehen, an Wachholder und Rhododendron vorbei, zum prunkvollen Eingangsportal. Eine Besucheransammlung an der Garderobe.

Eva grüßt mit einem Kopfnicken die Anwesenden, geht auf die Galeristin zu und stellt ihre Begleitung vor. Man reicht zur Begrüßung ein Glas Sekt. Sie prosten sich zu.

Eva zeigt nach oben. Zwei stattliche Säulen, zieren den Treppenaufgang zur ersten Etage. »Schau einmal, das Rondell aus Glas über dir, typisch Jugendstil. Leider ist die Turmkuppel im Krieg zerstört und das Dach nur notdürftig restauriert worden. Die geschwungenen Formen an den Decken kann man noch vage erkennen. Ranken, Pflanzen- und Symbolmotive hat man großzügig mit hellgrauer Wandfarbe übermalt.«

Als sie zum Saaleingang gehen, Entrüstung. »Guck dir das mal an, an den hochwertigen Flügeltüren sind mit Reißzwecken Plakate angepinnt.

Wie kopflos.« Sie zischelt ihrer Freundin leise ins Ohr: »Die Kulturverantwortlichen scheinen wenig Sinn für geschichtsträchtige Baukunst zu haben.«

Während Eva mit den Initiatoren der Ausstellung spricht, schaut Helene sich unsicher um. Sie kennt hier niemanden, hält sich krampfhaft an ihrem Sektglas fest.

Warum ist sie eigentlich mit der Freundin mitgegangen? Sie spürt einen Druck in der Magengrube und sucht zwischen dem Besucherpulk nach einem Fluchtweg. Doch sie muss feststellen, ohne Aufmerksamkeit zu erregen, kann sie aus diesen Räumen nicht entkommen.

Sie nippt an ihrem Glas, und spürt im Nacken einen Blick auf sich gerichtet.

Es gibt Menschen, die so enorm viel Raum beanspruchen, dass sie präsent sind, bevor man sie überhaupt gesehen hat. Er steht am Empfangsbüfett, seine Augen schauen auffällig lange in ihre Richtung. Sie weiß nicht, ob er ins Nirgendwo starrt, oder zu ihr. Dann ist Eva wieder neben ihr, ein Lächeln unter Freundinnen, sie stoßen mit ihren Sektgläsern an. Die Kuratorin beginnt mit der Eröffnungsrede.

Als kenne sie das Gangmuster eines geheimen Labyrinths, zieht Eva sie, nach der Eröffnung, durch die Menge der Vernissagebesucher, hin zum Buffet. Ein langer Tisch, reich bestückt mit bunten Partyhäppchen. »Man kann hier von allem kosten so viel man möchte.«

Der Mann mit dem aufdringlichen Blick steht bereits, ausgestattet mit aufgefächerten Häppchen, am Ende der Tafel und schaut ihr direkt in die Augen. Helene spürt eine Hitzewelle im Gesicht, als Eva ihr den Herrn vorstellt: »Das ist Herr Berger, wir kennen uns von kulturellen Veranstaltungen.« Sein charmantes Lächeln schwebt durch die Luft und schlägt in ihr ein, als er sie anspricht: »In welcher Mission sind Sie hier?«

Blöde Frage, denkt sie, und ihre prickelnden Gefühle zerplatzen augenblicklich wie die Blasen in ihrem Sekt. Eva rettet die Situation: »Wir werden demnächst hier ein kulturelles Zentrum eröffnen.« Sie erhebt ihr Glas und lächelt in die Runde. »Auf unsere Zukunft und die gemeinsamen Aktivitäten in diesem Haus«, kippt den Sekt in sich hinein, hält das leere Glas ihrem Gegenüber hin: »Können Sie uns noch einmal Sekt nachfüllen lassen, Herr Berger?« Ein seltsamer Glanz liegt in Evas Augen, als sie dem Mann die

Gläser hinhält. Sie schaut ihm hinterher. Wie er läuft, denkt Helene, so selbstbewusst, Schritt vor Schritt, mit den leeren Gläsern in den Händen.

»Woher kennst du den Herrn?«, fragt sie die Freundin.

»Den Berger? Er ist Mitglied im Kulturbund, organisiert Kunstausstellungen im Museum. Ich kenne ihn von diversen Veranstaltungen.

Sein Gebaren hat etwas von Großspurigkeit. Er weiß wohl sehr genau, dass er ein Schönling ist.«

Was macht er beruflich, will Helene fragen, aber da sieht sie Berger mit den vollen Sektgläsern jonglierend in den Saal zurückkommen.

Berger prostet ihr zu, ein kurzer Blick, der sich lang anfühlt. Sie hält sich am Stiel ihres Sektglases fest, als er fragt: »Was machen Sie so beruflich?«

Eva hat die Anspannung bemerkt, sie kennt ihre Freundin zu gut, weiß, dass diese Konversationen gar nicht mag, und versucht, Berger abzulenken. Sie spricht über die Ausstellung, über zeitgenössische Kunst, über kreative Gestaltung und die vielfältigen Aufgaben des Kulturhauses.

Doch dann reißt Berger mit ausufernden Anekdoten das Gespräch an sich. Mehr Nebensätze als Hauptsätze, wo am Ende kein Finale in Sicht scheint.

14

»Die Villa, Anfang des 20. Jahrhunderts als repräsentatives Jugendstilwohnhaus eines wohlhaben-
den Industrieellen erbaut, noch vor dem zweiten
Weltkrieg in Staatseigentum übergegangen, hatte
die Kriegswirren fast unbeschadet überstanden.
Das Gebäude diente als Hospital, als Flüchtlings-
unterkunft und nach einer Renovierung in den
siebziger Jahren zunächst als Jugendclub, schließlich wurde es Kulturhaus.«

Er faselt von kulturpolitischen Programmen, über
kulturelle und künstlerische Selbsttätigkeit der Arbeiterklasse innerhalb betrieblicher Kulturpläne.
Über Gestaltung von Gegenwartsproblemen.

Eva redet ihm dazwischen, versucht es zumindest. Sie spricht von ihrer Aufgabe, die Volks-
kunst zu fördern. »Ich werde hier wöchentlich am
Nachmittag Kurse für textiles Gestalten abhal-
ten.«

Helene beneidet Eva um ihre Redegewandtheit
und ihren Charme.

Sie kommt sich vor wie ein Gänseblümchen neben einer Rose.

Als der Direktor des Hauses hinzukommt, versiegt der Redefluss.

»Hallo Herr Berger. Ich habe gehört, dass Sie den
Laden ihres Vaters übernehmen wollen? Schade!

Ich habe gedacht, mit einer Qualifizierung hätten Sie das Kreiskabinett für Kulturarbeit leiten können.« Bergers Mundwinkel verziehen sich zu einem missmutigen Bogen.

Er leert hastig sein Sektglas, verabschiedet sich ganz unvermittelt mit einem Kopfnicken in alle Richtungen und geht schnellen Schrittes davon.

Helene spürt, dass auch Eva sich am liebsten entfernt hätte, aber nun wird sie vom Direktor des Kreiskabinetts belagert und muss ihm von den zu erwartenden kulturellen Aktivitäten berichten. Sie steht stumm daneben, entfernt sich schließlich unauffällig, stellt ihr leeres Sektglas auf die Ablage, geht in den Ausstellungsraum.

Ihr Blick fällt auf ein Kunstwerk gleich neben dem Eingang: *Collage ohne Titel*, der Name der Künstlerin ist ihr fremd.

Ein Auge schaut auf sie herab.
Schwarz auf weißem Grund. Mehrere Bleistiftstriche ineinander verflochten. Das dunkle Auge, der Blick.

Schwarzweiß kennt keine Zwischentöne, differenziert nicht, unterscheidet nicht, denkt sie.
Das Augenlid bewegt sich, die Wimpern flattern.
Hat der Sekt ihren Blick getrübt?

Der Augapfel wird groß und größer, die Pupille deutet nach unten.

Ein helles Blau, wolkenartig mit Acryl an den rechten Rand des Bildes gepinselt. Blau, die Farbe des Vertrauens, der Klarheit, der Ruhe und Harmonie. Das Blau, es hat gerade eben etwas in ihr zum Schwingen gebracht.

Als sie sich an den plaudernden Besuchergrüppchen vorbeischlängelt, ist es, als schaue das Auge ihr hinterher. Sie geht in den Eingangsbereich, nimmt in der Garderobe ihre Jacke in Empfang und läuft nach draußen.

In der Parkanlage neben einer hohen Buchsbaumhecke sieht sie Berger, sie zuckt zusammen. Ihr ist klar, dass sie keine Chance hat, unbemerkt an diesem Mann vorbeizukommen.

Sie verharrt einen Moment, das Kunsterlebnis noch in sich: Denk an das Blau, sagt ihre innere Stimme. Sie richtet sich auf und geht selbstbewusst auf Berger zu. Als sie vor ihm steht, schaut er ihr direkt in die Augen: »Sie gefallen mir.«

Er überrascht sich wohl selbst damit. Er errötet bis an die Haarwurzel und kommt ins Stottern: »Ich kann viel reden, wenn es um Sachliches geht, aber ...«, er stockt, der Anflug eines Lächelns zuckt um seine Lippen. »… aber hier«, er klopft mehrmals auf seine Brust.

»Hier drinnen etwas herausholen und in Worte fassen, das fällt schwer.«

Sie schaut zu Boden, als wolle sie in die Unterwelt abtauchen. Im Schutz der Buchsbaumhecke und eines rotblühenden Rhododendron spürt sie ein Kribbeln in der Magengegend.

Mit brennendem Hals und trockenem Mund versucht sie ein Lächeln. Berger nimmt ihre Hand:

»Komm, wir trinken Brüderschaft.«

In der Kneipe am Ende der Straße sitzen sie sich gegenüber, lassen die Gläser klingen.

Für Anfänge musste man sich entscheiden, Enden kommen von allein. Sie denkt an die zeitweiligen Studentenlieben, das Straucheln von einem Affärendesaster ins nächste.

Hier fühlt es sich anders an.

Mit Uwe Berger gab es einen Anfang.

Einen Anfang mit Spaziergängen,

Gesprächen,

mit Nähe,

die langsam anwuchs.

INA

Von Montag bis Freitag saß Ina im Sekretariat des Chefarztes. Acht Stunden, die vorgegebenen Pausen inklusiv.

Sie tippte auf der Schreibmaschine herum, sortierte Post, wartete auf den Feierabend.

Wenn der Chef kam, waren Bleistift und Stenografierblock im Einsatz.

Ihr Arbeitsplatz, ein kleiner Raum, schmale trübe Fensterfront, graue Wände. Wenn sie den Blick von der Schreibmaschine hob, schaute an der Wand mit strengem Brillenblick, in Gold gerahmt, der Staatsratsvorsitzende zu ihr herab. An den Beobachter hatte sie sich gewöhnt, an die Beengtheit des Raumes nicht. Das Fenster konnte man wegen der Lärmbelästigung selten öffnen.

Ihr Chef, Herr Professor Doktor Wiedemann, hieß Benedikt mit Vornamen.

Ben nannten ihn alle und wenn die Kollegen ihn mit langen Schritten durch den Korridor stapfen hörten, klang das Ben, Ben, wie ein aufprallender Ball.

Sie saß an ihrem Schreibtisch, da sie den Chef schon außer Haus vermutete, nahm sie ihren Zettelblock, um eine Einkaufsliste zusammenzustellen. Die Tochter feierte am Wochenende ihren zehnten Geburtstag. Sie hatte die halbe Klasse eingeladen, es sollte eine »super tolle Party« werden, so die Worte der Tochter. Sie sieht die bettelnden Augen: »Bitte Mama, Süßigkeiten, Luftballons, Liebesperlen und Knusperflocken.«

Ein Zusammenzucken, als sie plötzlich die Ben-Ben-Schritte hörte. Sie schob ihre Notizen unter den Stenoblock, da stand der Chef auch schon hinter ihr und legte die Hand auf ihre Schulter.

Sie neigte dazu – wie so oft –, diese anzügliche Männerhand abzuschütteln, die sich feucht und schwer anfühlte.

Hatte er ihre Einkaufsliste gesehen?

»Frau Meier, ist der Bericht fertig? Er muss heute noch raus«, sein Blick hing auf dem Stenogrammblock – »böhmische Dörfer«, wie er das Stenografierte bezeichnete.

»Herr Chefarzt, ich bin drüber, der Bericht geht heute noch in die Post«, sie kam ins Stottern. »Das Farbband muss ausgewechselt werden«, und zeigte auf die Schreibmaschine.

Er vertraute ihr, gab seine Unterschrift auf das weiße unbeschriebene Blatt, links unten neben seinem Stempel, und verabschiedete sich ins freie Wochenende.

Als er den Raum verlassen hatte, die Tür zukrachte, klingelte das Telefon: »Chefsekretariat Professor Doktor Wiedemann, … ja okay, die Berichte gehen heute noch in die Post.« Jetzt musste sie eilen, das Farbband war nur eine Ausrede …, manchmal konnte sie ihren Chef um den Finger wickeln. Die Schreibmaschine klapperte, das Stenografierte war schnell unter ihren Fingern in die Maschine getippt, das Papier rausgedreht, gefaltet, eingetütet, frankiert, zur Poststelle gebracht. Feierabend.

Feierabend mochte gut klingen für Chefs und Männer die sich nicht verantwortlich fühlen.

Verantwortlich für Familie, für Haushalt, Einkäufe, Essen, Trinken oder eben für die Geburtstagsparty der Tochter.

Sie radelte im Eilzugstempo zum Konsum. Wenn sie Glück hatte, gab es all die Zutaten für den Kuchen, der heute Abend noch gebacken werden musste. Butter, Zucker, Mehl, Eier …

Eventuell bekam sie eine Tüte Schokoriegel und ein – vielleicht auch zwei – Gläschen mit den Liebesperlen. Wenn sie ganz großes Glück hatte, sogar die begehrten Knusperflocken. Ach, in den Schreibwarenladen musste sie auch noch.

Luftballons, bunte Papierschlangen. Geschenkpapier, Schleifenband.

Sie radelte durch die von Abgasen schwere Luft ihrem Ziel entgegen.

Die Sonne warf blendende Lichtstreifen auf die Straße. Hinter und neben ihr knatterten die Motoren der Autos. Indem sie versuchte, mit dem Rad die löchrigen Stellen in der Asphaltdecke zu umrunden, warf sie einen kurzen Blick auf ihre Armbanduhr: Eine halbe Stunde blieb ihr bis zum Ladenschluss.

Ich muss eilen. Gut, dass Pia bei der Oma übernachtet, so habe ich genug Zeit, den Geburtstagstisch aufzubauen.

Das neue Fahrrad werde ich mit einem Tischtuch verhängen, damit der Blick der Tochter erst einmal an Kerzen, Geburtstagtorte und den Päckchen von der Verwandtschaft haften bleibt. Ich sehe schon ihre strahlenden Augen, wenn ich das große Geschenk enthülle.

Eine nächste Gedankenspur führte sie zu Martin. Musste er am Geburtstag seiner Tochter zum Wochenendseminar nach Berlin fahren?

Als sie mit ihm vor vierzehn Tagen über Pias Geburtstag sprach, über die anstehende Kinderparty und das neue Fahrrad als Geschenk, hatte Martin ohne Zögern zu allem seine Zustimmung gegeben. Nun war wohl das wichtige Datum der Tochter wieder einmal in eines seiner Gehirnwindungen abgerutscht. Es war nicht das erste Mal, dass er diesen besonderen Tag vergessen hatte. Wochenendseminar? Manchmal wurde sie misstrauisch und fragte sich: Beginnen diese Seminare wirklich schon an einem Freitagvormittag?

Bei dem Gedanken an Martin brachte sie ihr Rad auf Hochtouren.

Nachdem die Tochter geboren war, schien alles zusammenzubrechen. Wenn sie miteinander redeten, führten sie ihre Gespräche nicht zu Ende. Sie rissen Gräben auf, aber schütteten sie nicht zu, sondern gingen im Alltag einfach um sie herum.

Wenn Martin nach Hause kam, ein flüchtiger Kuss, den sie wie einen harten Gummiball auf ihren Lippen spürte. Der Sinn ihres Lebens bestand ausschließlich darin, neben ihrem Beruf für die Tochter dazusein, Hausaufgaben mit ihr zu erledigen, Einkäufe, Wäsche. Ununterbrochen im Haushalt für Ordnung zu sorgen. Ordnung, die ihrem Mann nur auffiel, wenn sie nicht herrschte. Er hatte Eigenschaften in die Beziehung mitgebracht, die sie auch nach zehn Jahren noch fremd und seltsam fand, Eigenschaften, die sie tödlich nerven konnten.

Er redete nur mit ihr, wenn er ausgeruht war, an freien Wochenenden oder im Urlaub. Im Alltag – wenn er denn einmal anwesend war – rannte er übelgelaunt durch die Wohnung oder verkroch sich mit einer Zeitung in seine Sesselecke.

Der Mann, von dem sie manchmal träumte, hatte kein Gesicht, eine sanfte Stimme nur.
Sie sah ihn auf sich zukommen. Er beugte sich zu ihr herunter: Kann ich dir behilflich sein?
Manchmal schlich er sich weg in verschwommene, unbekannte Welten.

Wenn sie von ihm träumte, fühlte sie sich geborgen und für nichts verantwortlich …
Doch es war nur ein Traum.

Ihr Kopf brummte, sie trat kräftig in die Pedale, unter ihr drehten sich die Räder, hinter der Stirn, Grübelräder, Gedankenräder. Plötzlich krachte etwas Metallenes gegen ihre Schulter, sie kippte zur Seite. Laute Geräusche schwirrten um sie herum, ihr Herz schlug viel zu schnell, ihr Brustkorb fühlte sich eng an.

Eine Frauenstimme dröhnte schrill an ihr Ohr, überschlug sich kreischend und wurde aufgesogen von einem lärmenden Stimmengewirr. Dann Stille. Die von Abgasen stickige Luft füllte sich mit Dunkelheit.

Dunkel, schwärzer als schwarz.

Wie ein großes Loch.

Langsam und widerstandslos ließ sie sich fallen.

Wie lange mochte die Zeit angedauert haben?

Ein Feuerstrahl blitzte auf, ein Schmerz, als schneide jemand mit einem scharfen Messer ihren Kopf in zwei Hälften.

Sie versuchte die Augen zu öffnen, sah verschwommen die Umrisse eines fremden Gesichtes über ihr.

Wo bin ich?

Warum liege ich in einem fremden Bett?

Was sollen die Schläuche in Nase und Arm?

Plötzlich eine tiefe Stimme, die Wörter formte, überirdische Sätze.

»Sie sind hier in der Notfallambulanz. Sie hatten einen Unfall.«

Mit groben Fingern drückte jemand ihre Augenlider nach oben und leuchtete mit einer Taschenlampe.

Was soll das, will sie sagen, doch die Worte an ihrem Ohr waren stärker:

»Hallo. Können Sie mich hören? Wir haben in Ihren Papieren Adresse und eine Telefonnummer gefunden. Wir konnten aber leider Ihren Mann nicht ...«, eine fremde Stimme, ein fremdes Gesicht in einer Dunstwolke über ihr.

Die Augen rutschten ihr aus dem Kopf, kurzzeitig konnte sie sich von oben sehen, wie sie dalag in einem Bett unter einer Decke.

Wie sie abtauchte ins bodenlose Nichts.

HELENE

Glück gehabt, meint Freundin Eva, als sie ein halbes Jahr später Uwe Bergers Frau wird.
Verliebt, zufrieden, glücklich beginnt ihr neues Leben.
Helene Berger, Beruf: Krankenschwester,
Jetzige Tätigkeit: Mithelfende Ehefrau.
So steht es fortan in ihrem Sozialversicherungsausweis. Keine Schichtdienste, keine Nachtwachen, keine Akutfälle auf der Intensivstation.
Sie ist beschwingt, berauscht von den Dingen, die sie nun tagtäglich umgeben.
Ein zweistöckiges Haus.
Im Erdgeschoss der Laden:
Uhren und Schmuck – Inhaber Uwe Berger.
Jeden Morgen geht sie mit Uwe ins Geschäft – er in seine Werkstatt, sie in den Laden.

Die Türglocke klingelte. Helene war gerade damit beschäftigt, die Glastüren am Wandschrank zu putzen. Mit einem »Hallo« grüßte die Kundin, und zog einen jungen Herrn über die Türschwelle herein. Er trug ein blau-weiß kariertes Hemd und sehr enge, ausgewaschene Jeans. Westklamotten, das sah Helene sofort.

Die Augen der Dame blitzten unter ihrem halb-
langen schwarzen Haar hervor.

»Die Uhr dort im Schaufenster, die kleine goldene mit dem glitzernden Zifferblatt möchte ich
haben«, sie sah dabei mit bittendem Blick auf
ihren Begleiter. »Ich bewundere die Uhr schon
längere Zeit im Schaufenster, aber ich konnte sie
mir von meinem mageren Gehalt nie leisten.«

Helene ging lautlos über den grünschillernden
Linolfußboden zur Schaufenstervitrine, nahm behutsam die goldene Uhr heraus und legte sie auf
die schwarz-samtene Unterlage.

»Diese Uhr ist nicht nur ein Gebrauchsgegen-
stand, sie ist ein seltenes Schmuckstück.«
Die junge Dame streckte die Finger aus und berührte das Uhrarmband.
Ihre Augen glänzten, sie drehte sich zu ihrem Begleiter um, griff sich an den Kopf, raffte nervös
alle Haare zusammen. Wieder dieser bittende
Blick: »Ich würde sehr, sehr gerne ...«

»Na ja«, der Mann zögerte und nun stellte
sich heraus, dass er nicht nur westlich gekleidet,
sondern auch ein echter Westimport war, indem
er sagte: »Die Fünfzig Ostmark Umtauschgeld
reichen nicht aus, da müsste ich noch Westgeld
hinzulegen.«

Ein sekundenlanges Ineinanderfallen und Lösen zweier Blicke …

»Das wäre dann illegal. Da muss ich erst einmal den Chef fragen.«

Helene ging nach hinten in die Werkstatt.

Zwei, drei Minuten, dann war sie wieder zurück:

»Der Chef meint, ich kann Ihnen die Uhr verkaufen, aber ohne Rechnung und in diesem besonderen Fall gibt es keinen Garantieschein«, sie schaute dem Herrn in die Augen.

»Aber sollte irgendetwas mit der Uhr nicht in Ordnung sein, können Sie sich jederzeit bei uns im Geschäft melden.«

An jenem Tag strahlte das Uhrengeschäft eine satt gewordene Zufriedenheit aus.

Westgeld bedeutete Reichtum.

Uwe kam zeitiger als gewöhnlich aus seiner Werkstatt, schloss eigenhändig die Ladentür zu, hängte das Sicherheitsschloss in den Riegel, umarmte seine Frau: »Komm, wir gehen in den Ratskeller dinieren. Dies ist ein besonderer Tag. Ich habe gerade für uns einen Tisch bestellt.«

Sie saßen am Ecktisch unter dem Ölgemälde, ein röhrender Hirsch schaute auf sie herab.

Der Kellner hatte den Wein eingeschenkt, einen schweren süßen Rotwein, der ihrem eher schweigsamen Uwe, noch bevor Kartoffelsalat und Schnitzel auf dem Tisch standen, die Zunge löste: »Weißt du noch …? An diesem Tisch habe ich dir den in Gold eingefassten Diamant auf den linken Ringfinger gesteckt.«

Oh Gott, dachte sie, hoffentlich fragt er nicht, warum der Ring nicht an meinem Finger steckt. Unwillkürlich ließ sie die Hand unter dem Tisch verschwinden und sah ihm mit festem Blick in die Augen:

»Was machen wir jetzt mit dem Westgeld?«

Das Essen kam, er vergaß die Frage nach dem Ring.

Geld macht nicht glücklich, hatte ihre Mutter immer gesagt.

Ihren Uwe schon, dachte sie.

Die D-Mark Scheine hatten ihn irgendwie verwandelt. Sie lagen verschlossen in einer Metallkassette. Er unterbrach oft seine Reparaturarbeiten, schaute in die Kassette, kam frohgelaunt zu ihr in den Laden, sortierte und legte eigenhändig die neue Kollektion ins Schaufenster.

Wenn er wieder in der Werkstatt verschwand, hörte sie ihn ein Liedchen trällern.

Eines Tages, ganz überraschend, sprach er von einem lukrativen Auftrag.

Von Praktika-Spiegelreflexkameras, die seit einigen Jahren florieren.

Von dem Kombinat VEB Pentagon, wo Kameras und Objektive entworfen werden.

»Die Fotoapparate werden ins Ausland exportiert und müssen zuvor durch die Endkontrolle gehen. Endkontrolle. Ein Zuverdienst für mich.

Die Kameras werden wöchentlich angeliefert. Ist doch super, oder?«

Zu einer Einführung müsse er eine Woche im Betrieb hospitieren.

Um ihr Einverständnis hatte er nicht gefragt. Warum auch, es ist ja sein Laden, dachte sie.

Und spürte kurzzeitig eine Beengtheit, eine Sehnsucht nach Weite.

Sie war erstaunt, dass ihrem Uwe plötzlich das Geldverdienen so sehr wichtig geworden war.

Vielleicht hatte er sich bisher bewusst in seine Werkstatt zurückgezogen, sich eingesperrt wie unter eine Glocke, wo nichts anderes mehr Platz hatte?

Vielleicht wollte er auf diese Weise einen entscheidenden Wichtigkeitsfaktor ihrer Zweisamkeit verlagern – den des Kinderwunsches? Über Dinge, die in der Seele wehtun, redeten sie nicht.

Er hatte oft abends im Halbschlaf von einem Sandkasten, von Kinderspielplätzen phantasiert. Von Verantwortung, von Lebensversicherungen.

In der Küche am Tisch stehend, Teig knetend, dachte sie, das ist eine Tätigkeit, die beruhigt und entspannt.

Das monotone Kneten und Quetschen des Teiges …, sie könnte Uwe hinzuholen, ihm zeigen, wie Mehl, Milch, Hefe sich zu einem seidigen, zähflüssigen Gemisch verbinden. Eine Ablenkung. Entkrampfung für beide.

Verzweifelt hatte sie versucht, schwanger zu werden. Dieser ständige Kampf wurde langsam zur Belastung.

Das Fieberthermometer lag auf dem Nachttisch, und wenn sich eine Fruchtbarkeitsphase ankündigte, stellte ihr Körper sich quer.

Manchmal ließ sie das Fieberthermometer verschwinden, um sich entspannt der Zweisamkeit hinzugeben.

Doch die Uhr tickte.

Überall in ihrem Umfeld tickten Uhren.

Bei ihr tickte die Hormonuhr.

Helene war froh, dass sie die Freundin hatte und die Treffen im Kulturhaus.

So konnte sie für kurze Zeit in ihrem Alltag alles Drumherum vergessen.

Einen neuen Freundeskreis fand sie beim kreativen Gestalten im Kulturhaus. Dort plauderten sie über »Dies und Das«, »alles Mögliche und Unmögliche«, »über Gott und die Welt«.

Man nahm die begonnene Arbeit mit nach Hause. Eine Freizeitbeschäftigung, der sie an Nachmittagen und oft auch an den Wochenenden, wenn Uwe in seiner Werkstatt war, voller Eifer nachging. Sie war dann mit Nadel und Faden beschäftigt, um aus bunten Stoffresten phantasievolle Bilder zu gestalten.

Helenes Selbständigkeit schien vollkommen, als eines Tages die Mutter ihr das Auto abgetreten hatte. Einen *Trabant Kombi*, den die Mutter wegen ihres grünen Star nicht mehr fahren durfte.

Wenn sie am späten Nachmittag den Laden geschlossen hatte – Uwe saß oft bis Mitternacht in seiner Werkstatt, unansprechbar, das Basteln an den Belichtungsmessern hatte Priorität –, setzte sie sich in diese abgeschottete Kapsel, die sich Trabi nannte. Sie tuckerte mit dem Auto durch die Straßen der Stadt. Manchmal fuhr sie nach Ladenschluss zur Freundin in den Nachbarort, oder einfach mal so durch die Gegend, heraus aus dem Geflecht von aufgesetzten Freundlichkeiten, heraus aus dem Spinnennetz, in dem sie manchmal zappelte wie eine Fliege.

Auf dem Rücksitz den Schuhkarton mit bunten Garnen, den Wollresten und Nadelkissen, fuhr sie freitags zu Eva ins Kulturhaus.

Sie hatte es sich so eingerichtet, dass sie bis zum Kursbeginn noch eine halbe Stunde Zeit hatte. Dann kurvte sie, um mehr Fahrpraxis zu bekommen, durch die Straßen der Stadt, fuhr in Richtung Stadtpark, am kleinen Theater vorbei, über die Friedensbrücke, hielt in der Seitenstraße an und genoss für einen Moment das schöne Ambiente von Dom, Schloss und Stadtmauer, atmete tief ein und aus und war zufrieden mit sich und der Welt.

Leider klappte es mit ihrer Fahrtechnik noch nicht so gut, Knüppelschaltung und Handbremse. Worte des Fahrlehrers tuckerten in ihrem Kopf: *Rucke nicht so an Schaltung und Lenkrad herum, guck dorthin, wo du hinfahren willst und behalte den Rückspiegel im Auge.*

Vielleicht hatte sie gerade einen Moment auf die Schaltung geschaut, anstatt nach vorn?

Vielleicht war sie in Gedanken schon beim Nähen und Sticken?

Sie wusste es nicht …

Die Wagenflancke ihres Autos traf einen Fahrrad-
reifen, ein Kopf prallte gegen den Kotflügel. Ihre
Bremsen quietschten.

Die Polizei war schnell vor Ort, der Rettungswa-
gen auch.

Hatte sie die abbiegende Radfahrerin übersehen?
Waren die ungünstigen Lichtverhältnisse Schuld?

Was war geschehen?

Völlig verstört, den Schreck noch in allen Glie-
dern spürend, saß sie eine Stunde später am Bett
der Verunfallten.

Eine junge Frau, bewusstlos. Der rechte Arm
in einem Kompressionsverband, der linke hing
am Infusionsschlauch.

Der Arzt schaute bedenklich: »Wir werden die
Patientin auf der Intensivstation unter Beobachtung behalten.«

Seine Worte trafen sie wie Nadelstiche. Ein
Grausen kroch an ihren Beinen hoch, über den
Rücken und setzte sich in ihren Gehirnwindun-
gen fest.

Was, wenn ich Schuld bin am Unfall?

Die Polizei hatte alles aufgenommen, recherchiert, sich bedeckt gehalten.

»Sie werden von uns hören.«

Die Schwester gab ihr Name und Anschrift der Verunfallten, mit der Bitte noch einmal vorbeizu-fahren.

Die Polizei hätte niemanden erreichen können.

EVA

Bibliotheksfacharbeiterin, ein Beruf, der ihr keine rechte Erfüllung brachte. Das, was sie an ihrem Studium spannend und faszinierend gefunden hatte, war in der Praxis ernüchternd. Bücher ausleihen, in Neuerscheinungen blättern, darin lesen, Statistiken führen ...

Hausfrau, Mutter von zwei Töchtern. Eine Ungeduld war in ihr, ein Kribbeln unter der Haut. Um ihren Tatendrang zu stillen, belegte sie einen Kurs an der Volkshochschule; Stenografie und Maschineschreiben.

Mit dem Zertifikat »ausgezeichnet« in der Mappe, fiel sie in ein neues Loch. Vielleicht könnte ich noch einen Sprachkurs belegen: Englisch oder Französisch?

»Warum bleibst du nicht einfach in deiner Bibliothek und freust dich, wenn wir mit den Kindern abends um den Küchentisch sitzen. Froh und zufrieden. Glücklich sind, dass du für uns da bist, dass wir eine Familie sind, dass es dich gibt.«
So sprach Michael.
Er hätte wohl gern mit ihr getauscht.

Sein Job als Arzt, die ständigen Wochenend- und Nachtdienste, brachten ihn manches Mal an die Belastungsgrenze.

Eines Tages las sie aus purer Langeweile in der Tageszeitung einen Artikel: *Kulturhaus will Freizeitgestaltung für berufstätige Frauen fördern.*
Gesucht werden Kreativitätspädagogen oder Interessenten, die sich für ein solches Abendstudium bewerben möchten.
Da entzündete sich plötzlich tief in ihrem Innern ein Funken, sprang über in den Kopf, lockerte das verworrene Gedankenknäuel, bahnte einem Entschluss den Weg ...

Sie griff ganz spontan zum Telefonhörer und meldete sich für das Abendstudium an.

Als sie ihrem Mann von den neuen Plänen erzählte, lächelte er: »Du hast nun wohl endlich etwas gefunden, wozu du dich berufen fühlst?«, und sagte, vorsichtig spöttelnd. »Da kann ich ja beruhigt die Nachtdienste übernehmen. Die Oma wird kommen und wieder einmal alles managen.«

Sie umarmte ihren Michael, lachte und konterte: »Und die Nachtschwester wird glücklich sein, einen so erfahrenen, netten Arzt an ihrer Seite zu wissen.«

Sie bewunderte Michael, wie er nach einem anstrengenden Arbeitstag in der Chirurgie, in einer immer vollen ambulanten Sprechstunde – zwar müde –, aber ruhig, gefühlvoll sich ihre neuen Pläne anhören konnte.

Die beiden Töchter jubelten, als sie hörten, dass die Großmutter zur Betreuung kommt.

So begann sie mit dem Abendstudium an der Kulturakademie der Bezirkshauptstadt und nach einem aufregend, anstrengenden Jahr hatte sie das Zertifikat: Kreativitätspädagogin erhalten, sich beim Kreiskabinett für Kulturarbeit beworben. Ihre Tätigkeit in der Volksbücherei zum Nebenjob degradiert.

Einen Monat musste sie dann warten, bis die Örtlichkeit in der Kulturhausvilla für ihre Kurse freigegeben wurde.

Zirkel für künstlerische Textilgestaltung, so hatte man den Kurs in der Zeitung beworben.

Keine zwei Wochen später füllte sich der Raum mit begeisterten, handwerklich geschickten Frauen.

Die Teilnehmer des Kurses saßen an langen Tischen, hatten Stoffe und Nähzeug vor sich liegen und lauschten interessiert auf ihre einleitenden Worte. Theoretische Erläuterungen:

»Was bedeuten uns Farben?

Das Grün zum Beispiel, es ist die Farbe der Natur, des Selbstvertrauens und der Ruhe.

Zuviel Grün wiederum könnte auf Langeweile oder Phlegma hinweisen.

Die Farbe Gelb steht für Ehrgeiz, für Licht, Kraft und Heiterkeit. Rot ist die Farbe der Leidenschaft, der Attraktion, der Dynamik. Blau der Sympathie, der Entspannung.«

Eva begann mit Kartoffeldruck auf Leinen die ersten kreativen Nachmittage.

Eine Kartoffel wurde zu einem Stempel umfunktioniert. Ornamente in Kartoffelhälften eingeritzt und ausgeschnitten. »Ornamente«, so erklärte sie, »das sind schmückende Motive im Kunsthandwerk. Ein Ornament ist ein sich wiederholendes, oft abstraktes Muster.«

Beim Bedrucken entstanden interessante Formen. In Blau und Rot, Kreise und Bögen auf Tischläufer, Tischdecken, Platzdeckchen.

Vielleicht spürten die Teilnehmer, mit einem ersten erstaunten Blick auf die vor ihnen liegenden, noch unverplanten Jahre, dass es noch etwas anderes gab außer Beruf und Familie.

Die Bereiche der textilen Techniken erweiterten sich. Eine Ausstellung im Museum wurde vorbereitet. Eine Gestaltung mit textilen Materialien mittels selbstgewählter Technik, Material und Farbigkeit.

Jeder arbeitete voller Elan, je nach seinen Fähigkeiten und Fertigkeiten.

Gestaltungsgrundlage waren Kulturtechniken, wie Makramee und Klöppeln.

Die Verarbeitung textiler Flächen durch Zusammennähen, wie Patchwork und Quilt.

Oberflächengestaltung, wie Applizieren und Drucken.

Als Eva an einem jener Kursnachmittage nach Hause kommt, ist es, als habe sich in der Wohnung die Atmosphäre während ihrer Abwesenheit verändert. Sie weiß nicht genau, woran es liegt. Vielleicht ist es der Essensgeruch aus der Küche, vielleicht die schläfrige Stille, die ihr entgegenstrahlt: »Hallo Kinder«, ruft sie, während sie ihre Jacke aufhängt. Stille. Sie schaut ins Kinderzimmer. Nichts. Sie muss sich erst daran gewöhnen, dass ihre Töchter selbständig geworden sind.

So manches Mal, wenn die beiden vor ihr stehen, sie mit Michaels großen braunen Augen anschauen, muss sie bewundernd an die Zeit zurückdenken, eine Zeit, als sie schwanger war, mit Michael im Studentenwohnheim wohnte. Er lernte für das

Staatsexamen, nebenbei schrieb er an seiner Promotion.

Sie studierte Bibliothekswissenschaft, drittes Studienjahr. Sie teilten sich ein Zimmer. Gemeinschaftsküche und Sanitäranlagen waren am Ende des langen Flures.

Als Studentin schwanger zu sein, war nichts Ungewöhnliches. Und Ende des dritten Studienjahres wurde Tochter Ulrike geboren.

Die Wöchnerinnenpause verbrachte sie auf dem Lande bei ihren Eltern. Und ein Jahr später schloss sie ihr Studium ab: Allgemeine Bibliothekswissenschaft, Marxismus-Leninismus (nicht wegzudenken damals), Bibliographie und die Arbeit mit den Nutzern.

Heute müssen beide manchmal schmunzeln, wenn das Thema auf ihren Prüfungsabschluss und die Verteidigung von Michaels Doktorarbeit kommt. Michael war mit dem Kinderwagen erschienen, und während er in dem Raum vor dem Doktorvater saß, quäkte im Flur sein Töchterchen.

Sie öffnet die Tür zu Michaels Arbeitszimmer. Er sitzt am Schreibtisch und arbeitet an irgendeinem Gutachten. »Hallo«, sie legt ihren Arm auf seine Schulter. Er schaut zu ihr auf:

»Hallo. Na, Erfolgserlebnis gehabt?«

Sie küsst ihn, wie immer, wenn sie nach Hause kommt, und fängt an zu erzählen. Von den eifrigen Frauen, von der neuen Technik, die bis auf wenige, alle sofort in die Praxis umzusetzen versuchten. Er scheint gar nicht zuzuhören, blättert in seiner Akte, dann unterbricht er ihren Redeschwall: »Ulrike hat uns Eierkuchen gebacken. Hat lecker geschmeckt.«

»Oh, da bin ich ja gespannt, wie es in der Küche aussieht.«

»Typisch, deine Reaktion. Du kannst froh sein, dass du dich nicht ums Essenmachen kümmern musst. Außerdem haben wir dir noch etwas übriggelassen.«

Er öffnet seinen Notizblock und wirkt verstimmt. Sie kontert:

»Du bist so oft weg, oder kommst abends spät, du weißt ja gar nicht, wie unsere Küche aussieht, wenn die Kinder darin tätig waren.«

So ist es immer, wenn er denn wirklich einmal pünktlich zum Essen kommt, lässt er sich bedienen, isst hastig, was man ihm vorsetzt, lässt alles stehen und liegen, um nach dem Essen in sein Arbeitszimmer an den Schreibtisch zu gehen.

Warum haben wir uns zur Begrüßung geküsst?

Wieso werden Dinge zu Ritualen, wenn einem gar nicht danach zumute ist?, denkt sie.

»Wo sind die Kinder?«

»Die sind ins Kino gegangen.«

Sie ist zu müde, um sich noch auf eine Diskussion einzulassen.

Es war anstrengend gewesen. Fünfzehn werkelnde Frauen, die Präsentation einer neuen Handarbeitstechnik.

Wie, was, welchen Stoff, welche Farbe.

Fragen über Fragen

Es fühlte sich an, als habe sie in einem Ameisenhaufen herumgestochert.

Ihr Kopf schmerzt. Sie ist müde, und die Küche muss aufgeräumt werden.

HELENE

Als sie mit der Adresse der Verunfallten in Richtung Altstadt fuhr, spürte sie, wie ein Faustschlag gegen die Brust, noch den Aufprall des Fahrrades gegen ihr Auto.

Sie tuckerte langsam, ängstlich durch die Straßen. Gas, Kupplung, sie trat durch, im rechten Fuß eine kleine Wut, im linken so etwas wie Verständnis. Am liebsten wäre sie gelaufen.

Die verfallenen Häuser reckten wie Ertrinkende ihre klaffend bemoosten Ziegel in die Luft. Gut, dass Häuser keine Stimmen haben, dachte sie. Ihr Stöhnen, ihre Schreie, ihre Hilferufe wären nicht auszuhalten.

Sie stellte ihr Auto ab und stolperte über die Gehwegplatten, die an einigen Stellen leicht abschüssig waren.

Die bröckelnden Fassaden der Häuser erzählten vom endlosen Kampf gegen den Verfall. Man schien immer nur die Stelle zu verputzen, die es gerade nötig hatte.

Als könnte sie sich verlaufen, als könnten sich die Straßen verzweigen, als könnten sie wegführen, in eine andere Richtung, eine falsche Richtung.

Sie hielt den Zettel mit der Adresse in beiden Händen, als müsste sie sich daran festhalten.

Sie spürte in diesem Dilemma plötzlich in ihrem Innersten ein wohliges Gefühl …

Das Glück, in einem Neubaublock zu wohnen, mit Fernheizung und allem Drum und Dran.

Als sie endlich den richtigen Hauseingang gefunden hatte, wäre sie am liebsten umgekehrt.

Was sollte sie dem Ehemann sagen?

Ein Unfall. Ihre Frau liegt im Krankenhaus. Bewusstlos. Ich bin mit dem Auto in sie hineingefahren?

Gedanklich dröhnt eine Männerstimme an ihr Ohr:

Können Sie denn nicht aufpassen? Wohl die Vorfahrt nicht beachtet, was?

Sie hört sich stottern:

Der Schuldfall ist noch nicht aufgeklärt. Die Polizei sucht noch nach Zeugen.

Wie bei einer alten Frau zitterte ihre Hand beim Bedienen des Klingelknopfes.

Einmal, zweimal, dreimal …, nichts.

Da öffnete sich mit einem lauten Quietschen die Haustür. Helene schrak zusammen. Eine Frau kam mit ihrem Hund an der Leine auf sie zu.

»Wo wollen Sie hin?«

»Zu einem Herrn Meier.«

»Erster Stock links.«

Die Frau lief mit ihrem Bulldogen davon.

Helene ging die Holztreppen nach oben.

Ein Knistern, ein Knarren in den Balken. Das Treppenhaus war erstaunlich hell und freundlich. Die Eichenholztüren wirkten frisch restauriert.

Ein handgefertigtes Keramikschild neben der Tür, erster Stock links, bei Ina und Martin Meier, kündigte ein *Herzlich willkommen* an: Eine lachende Sonne, ein roter Schmetterling und bunte Buchstaben.

Sie atmete tief ein und aus, bevor sie die Klingel betätigte. Wartete. Es rührte sich nichts, niemand schien da zu sein.

So riss sie einen Zettel aus ihrem Notizblock, schrieb in zittriger Schrift:
Frau Meier hatte einen Unfall, sie liegt im Kreiskrankenhaus auf der Intensivstation, und warf den Zettel in den Türschlitz.

Es wurde Abend als sie die Altstadt verließ. Das Dunkel schlug sich wie Schwerter durch die Finsternis. Langsam tuckerte sie noch einmal Richtung Krankenhaus. Sie dachte an den Verkehrspolizisten und seine vulgäre Stimme: Na, Sie sind wohl etwas zu schnell gefahren …, sie war sich nicht sicher, ob das eine Frage oder eine Feststellung war.

In der Telefonzelle vor dem Krankenhaus rief sie Uwe an, berichtete kurz von dem Unfall und dass sie bei der Verunfallten bleiben möchte, bis diese aufgewacht ist. Uwe wirkte verstört, redete mit aufgeregter Stimme. Sie musste versprechen ihn anzurufen, wenn es Neuigkeiten gab.

In dem Moment, als sie das Krankenhausgebäude betrat, kehrte ganz überraschend ihr Berufssinn zurück. Eine rapide Verwandlung, die sich ganz automatisch mit ihr vollzog.

Ihr war, als erwache sie aus einem Traum, kein unangenehmes Erwachen.

Eine vertraute Umgebung.

Das Klappern des Geschirrs bei der Essenausgabe, die Geräusche der Infusions- und Medikamentenwagen. Sie spürte die Anspannung, Aufregung und den Eifer.

Sie hatte das Gefühl, mittendrin zu sein, mitzumachen, teilzuhaben an der allgemeinen Betriebsamkeit des medizinischen Personals.

Schwester Gabi, eine ehemalige Kommilitonin, begrüßte sie mit einem »Hallo, du hier?«

Beide hatten zusammen vor zwei Jahren an der Akademie der Bezirkshauptstadt ihr Examen mit Bravour bestanden.

Gabi eilte ans Krankenbett. Sie legte der Verunfallten mit schneller Geschicklichkeit eine Infusionskanüle, schloss den Tropf an.

Helene saß laienhaft daneben. Sie erinnerte sich an das Praktikum, die vielen Übungen, die Vene zu treffen. An Modellen wurde geübt, sowie untereinander am eigenen Körper.

Bei Infusionen musste man darauf achten, dass die Flüssigkeit gleichmäßig langsam in die Vene tropft.

Wie es mit der Einstellung ging, hätte sie jetzt nicht mehr hingekriegt. Sie schaute Gabi bei ihrer Fingerfertigkeit zu und beneidete sie.

Gabi hatte immer alles schnell kapiert, galt als sehr verantwortungsvoll und pflichtbewusst.

Die Kommilitonin war zwanghaft pünktlich gewesen, verpasste keine Vorlesung, hatte immer einen genauen Zeitplan. Wenn es hieß, in der Studentenkneipe wird gefeiert, glänzte sie mit Abwesenheit. Nun saß Helene, als Unfallverursacherin verdächtigt, am Krankenbett auf der Intensivstation neben einer Bewusstlosen.

Plötzlich fühlte sie sich klein und unbedeutend. Degradiert.

Eine Verkäuferin in einem Uhrmachergeschäft.

Wozu das bestandene Examen, die Ausbildungsjahre?, dachte sie. Wozu das qualvolle Einpauken der Anatomie des menschlichen Körpers?

Plötzlich beneidete sie Gabi, die den Instrumentenwagen, wie ein Zauberer seinen Rollwagen, zwischen den Betten hin und her jonglierte.

Sicher hatte Gabi, die Zielstrebige, eine kinderreiche Familie und managte alles genauestens mit Terminplaner, mit Weckruf für Mann und Kind.

Sie hätte gern ein persönliches Gespräch mit ihr geführt, aber Gabis Gesicht wirkte leer wie ein unbeschriebenes Blatt Papier.

Als Helene erklärte, dass sie bleiben wolle, bis die Verunfallte aufgewacht ist, schaute Gabi erstaunt und ernst, sagte kurz, sie würde der Nachtschwester Bescheid geben, verabschiedete sich mit sarkastischer Stimme:

»Na dann ..., gute Nachtwache«, und verschwand. Helene spürte, wie sie auf dem Stuhl neben dem Krankenbett in sich zusammen sackte, erinnerte sich an ihre erste Nachtwache als Schwesternschülerin auf der Intensivstation.

Ein Patient unter weißem Laken, ein Kopfverband, im Mund der Schlauch, Arme und Körper am Bett festgeschnallt. Sie musste den Monitor über dem Bett bewachen, das Auf und Ab der Zacken. Die Geräusche …, alles war wieder da.

Die Angst, die Furcht vor dem Umgang mit dem Tod, das Zittern. Die Zweifel, die falsche Berufswahl getroffen zu haben. Sie rutschte nervös auf ihrem Stuhl hin und her. Ihre Muskeln verkrampften sich. Am Hals spürte sie hektische rote Flecken aufblühen.

Plötzlich kam Bewegung in den bewusstlosen Körper, ein nervöses Zucken, sie erschrak, betätigte die Klingel am Bett.
Als die Nachtschwester kam, sprang sie auf und verließ das Krankenzimmer.

Uwe …, dachte sie, und Sehnsucht schwappte über sie wie eine große Welle, unter der sie kaum noch Luft bekam.

Sie fuhr nach Hause. Die Autoscheinwerfer durchschnitten die Schwärze der Nacht.
Uwe nahm sie in die Arme und langsam lockerte sich der Schraubstock, in dem ihre Kehle gesteckt hatte.

Am Vormittag des nächsten Tages rief Helene im Krankenhaus an und erkundigte sich nach der Verunfallten.

Man sagte ihr, sie habe eine Gehirnerschütterung gehabt, müsse noch unter Beobachtung im Krankenhaus bleiben. Wenn alles gut geht, könne sie entlassen werden.

Ein zweiter Anruf galt der Polizeidienststelle, um sich nach den Ermittlungen zum Verkehrsunfall zu erkundigen:

Man suche noch nach Zeugen, die Angaben nach der Unfallursache machen können.

»Sie werden von uns hören«,

die Stimme des Polizisten klang bedrohlich.

INA

Das Bett, indem sie liegt, dreht sich im Kreis, lässt in synkopierten Rhythmen Bilder aufsteigen: Martin, der wütend seine Reisetasche auf den Korridorboden knallt, die Tasche bepackt und dann stumm verschwindet. Die Tochter schreit und schlägt mit den Fäusten auf den Tisch.
Abrupte Szenen mit schmerzhaftem Widerhaken spielen sich in ihrem Kopf ab. Martin, ein dunkler Schatten. Sie sieht seine großen schwarzen Augen, die plötzlich schmerzhaft in ihrem Kopf herumrollen.
Ein schneller, flatternder Blick.

Ein Seeräuberkostüm. Ein Schwert im Gürtel, das er zückte, als sie in ihrem Matrosenkleid – Minirock, weiße Kniestrümpfe; das Faschingshütchen klemmte schief im Haar –, hinter den Freundinnen her, aus dem Tanzsaal fliehen wollte. *Manne* nannten ihn seine Freunde, lachten und witzelten, als er ihr ständig auf den Fersen war.
Sie hatte versucht, ihm zu entkommen, doch den ganzen Abend rückte er ihr nicht von der Seite. Mit rasendem Herzen schleichen sich Gedanken durch die nächtliche Dunkelheit.

Erinnerungssequenzen.

»Warum bist du nicht einfach du selbst?«, hört sie die Mutter sagen.

Vielleicht wusste sie nicht, wer das ist?
Sie, ein schlaksiger Teenager, die täglich eine andere Person sein wollte.

An einem Tag rutschten ihr die Spagettiträger eines ausgeblichenen T-Shirt von der hageren Schulter, am nächsten Tag zeigte sie in einem Minirock ihre blassen, dünnen Beine, tags darauf floss ihr ein langes Kleid bis an die Knöchel.
Die Wimpern schwarz getuscht. Die Haare pink gefärbt.

Jungs, die in verwaschenen Shorts und mit wilden Haaren vor der Haustür standen und auf sie warteten.

Das war an der Jugend das Aufregende, das Gefühl, dass man sein konnte, wer man wollte.

Dann kam das Erwachsenenleben, die Entscheidungen hatten sich verfestigt, und es fühlte sich mit einem Mal an, als ob das Leben um sie herum nur Filmdekoration aus Pappe war.

Bilder spulen sich in Sekundenschnelle in ihrem Kopf ab.
Ist es die Tochter?

Ist es die eigene Vergangenheit? Wer läuft da über den Bildschirm ihres schmerzenden Kopfes? Mit beiden Händen fährt sie über die Bettdecke, um die Schatten zu verscheuchen.

Sie versucht, die Augen zu öffnen:

Wo bin ich? Motorengeräusche? Ein Surren aus dem Kofferradio?

Ab und zu ein helles Flackern durch einen Raum, der fremd ist.

Zwei derbe Hände drücken ihren Körper auf eine glühende Gummimatte.

Im Kopf der Schmerz.

Sie versucht sich auf die Seite zu drehen.

Tief durchatmen, denkt sie.

Plötzlich ein greller Lichtstreifen auf dem Gesicht. Eine weiße Gestalt:

»Ich bin die Nachtschwester. Sie befinden sich auf der Intensivstation, sie hatten einen Unfall.«

Langsam entrollt sich das Kurzzeitgedächtnis, das bisher nur als Schmerzknoten in ihrem Kopf gesteckt hatte:

»Meine Tochter …, ich muss nach Hause …«

Sie will sich aufrichten, doch ihr wird schwindlig. Die Schwester drückt sie zurück in die Kissen.

»Wir fanden in Ihrer Tasche den Personalausweis, Name, Adresse, aber eine Telefonnummer leider nicht. Die Fahrerin des Unfallwagens hatte Ihre Wohnung aufgesucht, doch es war niemand zu Hause.«

Ina versucht sich erneut aufzurichten:

»Meine Tochter, sie ist bei der Oma. Morgen ...«, sie stockt, zögert.

»Wie spät ist es?«

»Kurz nach Mitternacht«, sagt die Schwester. »Schlafen sie erst einmal, morgen früh klären wir alles«, sie überprüft den Puls.

»Ich muss nach Hause ...«, stammelt die Patientin und sackt in die Kissen zurück.

Die Nachtschwester versucht zu besänftigen, gibt ihr eine Beruhigungsspritze und verlässt den Raum.

HELENE

Zwei Wochen später. Helene stolperte erneut über das holprige Straßenpflaster, die unregelmäßigen Gehwegplatten, die grauen Häuserfassaden. Von Grünspan befallene, schief in den Angeln hängende Eingangstüren, streunende Hunde und Katzen in dunklen Gemäuern.

Diesmal ging sie zielgerichtet durch die Mönchsgasse zu dem zweistöckigen, schmalen Giebelhaus an der Ecke. Die Eingangstür war geöffnet. Ein mit Folie umhüllter Kinderwagen stand im Treppenhaus neben der Kellertür.

Zielstrebig stieg sie nach oben: Erster Stock links.

Da war es wieder, das *Herzlich willkommen;* die lachende Sonne, der Schmetterling auf der handgefertigten Keramik.

Nach dem zweiten Klingelton öffnete sich die Tür.

»Hallo, guten Tag, ich …«, sie kam ins Stocken, war plötzlich unschlüssig, wie sie sich vorstellen sollte: »Ich bin Helene Berger.«

Sie erkannte die junge Frau an dem schwarzgelockten Haar, dem blassen Gesicht, das auf der Intensivstation zerzaust und wirr in weißen Kissen gelegen hatte. Ein minutenlanges Schweigen,

Sekunden einer Ewigkeit. Dann ein distanziertes: »Guten Tag.« Helene reichte ihre Hand entgegen, die jedoch unbeachtet im Raum schwebte.

»Ich hätte meinen Besuch gerne vorher angekündigt. Doch Sie haben kein Telefon ...«, letzteres war mehr eine Feststellung, denn eine Frage.

Ein Achselzucken: »Tja, vor einem reichlichen Jahr haben wir einen Telefonanschluss beantragt, wir stehen auf der Liste immer noch ziemlich weit unten.«

Die junge Frau knetete nervös ihre Hände: »Ich weiß wer Sie sind ..., der Polizeibericht ...«, eine matte Armbewegung zur offenstehenden Tür, sie wurde durch eine kleine Küche auf den Balkon geführt. Ina Meyer zeigte auf einen Gartenstuhl, der am Geländer neben einem blühenden Geranientopf stand, und sagte mit dünner, vor Erregung zitternder Stimme: »Bitte, setzen Sie sich.«

Sie brachte aus der Küche eine zweite Sitzgelegenheit, ließ sich darauf nieder. Die Hände im Schoß krampfhaft verschlungen, die Augen starr geradeaus. Eine Spannung lag in der Luft. Helene versuchte diese zu lösen:

»Wie geht es Ihnen? Sie sind noch krankgeschrieben? Der Fahrradunfall ...«

Das letzte Wort hatte sich in einen heimtückischen Zungenbrecher verwandelt. Schwarze Gedankenkreisläufe: Warum muss ich als erstes von dem Unfall reden?

Sie musste an ihre Vorlesung Psychologie denken:
Posttraumatische Belastungsstörung nach Unfalltrauma. Das autonome Nervensystem, das die vitalen Überlebensfunktionen beim Menschen regelt. Es befindet sich in ständiger Alarmbereitschaft. Man soll vermeiden, an die seelische Erschütterung zu erinnern ...

Sie sollte also wissen, was und wie man mit traumatisierten Patienten redet.
Warum bin ich überhaupt hier?

Den Polizeibericht hatte diese Frau ja auch bekommen. Warum redet sie nicht? Gedanken drehten sich im Kreis, verirrten sich in verschiedene Richtungen: Denkt sie, ich bin Schuld?
Nun ja, wäre ich eine Minute später losgefahren, wäre der Unfall nicht passiert. Helene schaute in das leuchtende Rot der Geranien und hätte sich am liebsten in Luft aufgelöst.
»Es tut mir so leid ..., das mit dem Unfall.«

Endlich hatte ihr Gegenüber eine Stimme:

»Weshalb sind Sie eigentlich gekommen? Um mir zu sagen, dass es Ihnen leid tut?«

Ein Zucken in den Mundwinkeln, als sie weiterredete:

»An einem Verkehrsunfall sind immer zwei Parten beteiligt.« Nach einer Atempause: »Na ja, und eine Bewusstlose konnte man ja auch nicht verhören.«

Ina Meyer griff sich ins Haar, als wären da ihre Gedanken drin: »Der Verkehrspolizist stand bei der Aufnahme des Unfalls eindeutig auf Ihrer Seite.« Kurze Wortfäden – ein Gespräch, in das sie schlitterten wie über dünnes Eis.

Und plötzlich liefen Tränen über Inas Wangen. Helene suchte nach Worten.

Im Besänftigen war sie nie besonders gut.

»Es hätte schlimmer kommen können.«

Aber das waren natürlich keine Trostworte.

So nahm sie die Hand ihres Gegenübers:

»Ich bin gekommen, weil ich Ihnen irgendwie helfen will. Ich habe im Krankenhaus an ihrem Bett gesessen.

Wissen Sie, ich habe seit dem Unfall Albträume des Nachts. Ich mag mich gar nicht mehr ins Auto setzen.«

Helene hörte eine vor Schluchzen bebende Stimme: »Meine Tochter hatte ihren zehnten Geburtstag und ich lag im Krankenhaus.«

Sie fragte: »Und wo ist sie jetzt?«

»Bei der Oma.«

Das Gespräch lockerte sich allmählich.

»Eigentlich könnten wir uns duzen, wir sind doch fast gleichaltrig«, sagte Helene.

»Ich heiße Helene, man nennt mich Lena.«

Ein blasses Lächeln huschte über Inas Gesicht. Sie sprang auf, wischte mit dem Ärmel über die Augen, ging in die Küche und kam mit zwei Gläsern Tee zurück.

Sie reichte Helene das Teeglas entgegen:

»Leider ist kein Alkohol im Haus, um Brüderschaft zu trinken.«

Sie erhob ihr Glas, hielt es einen Augenblick in der Schwebe: »Ich heiße Ina«, setzte das Teeglas ab, ohne getrunken zu haben:

»Ich bin dir zu Dankbarkeit verpflichtet, dass du mich mit deinem Trabi nicht gänzlich überfahren hast«, und versuchte ein schiefes Lachen.

Helene erzählte, dass ihr Mann den demolierten Kotflügel des Autos abgeschraubt hat, mit dem Zug in die Bezirkshauptstadt gefahren ist, um über einen Bekannten den Kotflügel ausbessern zu lassen.

Als Ina lächelnd das Glas anhob, daran nippte, sagte sie:

»Sorry, ich war beim Radfahren mit meinen Gedanken beim Geburtstag meiner Tochter. Ich bin Oma Inge dankbar, dass sie sich gekümmert hat. Ich …, ich soll …, ich brauche…, sie sagen…«, sie ließ die Satzfetzen in der Luft hängen, als hätte sie Angst, sie zusammenzubringen. Ihre Hände zitterten: »Ich glaube, ich werde gar nicht vermisst.«

Helene wurde von einem Strudel unverhoffter Empfindungen durchgeschüttelt.

Wie sollte sie mit dieser Situation umgehen?

Sie dachte an den Polizeibericht: Die Ermittlungen zum Verkehrsunfall ergaben, dass die Fahrradfahrerin beim Linksabbiegen, ohne die Hand herauszuhalten, auf den Mittelstreifen gefahren ist. Man hatte einen Zeugen ausfindig machen können, der den Unfall gesehen hatte.

Helene wurde eine minimale Bußgeldstrafe auferlegt, wegen Unaufmerksamkeit – ein sogenanntes Augenblicksversagen. Die Ereignisse der vergangenen Woche zehrten auch noch an ihr.

Nun saß diese psychisch labile Frau vor ihr:
»Ist doch gut, dass es Großmütter gibt«,
mehr fiel Helene nicht ein.
Sie trank ihren Tee in einem Zug aus, stand auf:
»Ja, ich muss dann mal gehen, mein Mann war-
tet.« Letzteres hätte sie nicht sagen sollen.

Als sie im Korridor standen, brach Ina erneut
in Tränen aus. Als Helene sie reflexartig in die
Arme nahm, war der Tränenfluss in vollem Gan-
ge. Sie konnte es an Inas Stimme hören, die in
diesen Tränen zu ersticken drohte:
»Ich bin eine Frau und Mutter, die keiner vermisst und die nicht einmal Fahrradfahren kann.«
Helene versuchte zu trösten:
»Manchmal schwimmt man in ungeweinten Tränen und droht, darin unterzugehen, wenn man sie
in sich behält. Lass sie raus.«

So standen sie gefühlte zehn Minuten im Korridor, bis Ina sich die Tränen abwischte, die Nase
putzte und Worte murmelte, von einem Abstell-
gleis, auf das man sie geschoben hat, und:
»Auf mich wartet niemand.«
Sie redete von ihrem Mann, der angeblich seinen
Kongress verlängern musste, und von der Tochter, die sich freute, dass sie bei ihrer Oma bleiben
darf.

Was hatte diese Frau für eine Geschichte?

Helene wollte eigentlich nicht darüber nachdenken, aber es ging nicht. Sie war in diese Geschichte hineingeraten.

Da waren die Narben an Inas Arm.

Sichtbare Narben außen, unsichtbare innen.

Vielleicht war es besser, man kannte ihre Geschichte nicht.

Jede Frage und jede Antwort spann einen Faden zwischen dieser Frau und ihr.

Wenn man von jemandem alles weiß, kann man ihn an Fäden festhalten. Überall Fäden, Bänder. Sichtbare und unsichtbare.

»Ich komme wieder.«

Mit diesen drei Worten löste sie eine tief in ihrem Körper sitzende Spannung.

EVA

Eines Tages öffnete sich für sie wie ein Fächer eine ganz neue Idee.

Es war hochsommerlich warm, das Lenkrad heiß, fast zu heiß, um es festzuhalten.

Sie fuhr auf der ihr so bekannten Landstraße, an bereits abgeernteten Feldern vorbei, musste oft Schritt fahren, weil vor ihr Landwirtschaftsfahrzeuge dahintuckerten.

Die Wiesen noch grün. Kühe, die mit dem Schwanz Fliegen wegschlugen.

Ab und zu Bäume, die angenehme Schatten auf den Asphalt warfen.

Ein Besuch bei der Mutter, die in dem kleinen Bergdorf neben der barocken Kirche wohnte.

Anlass war das Sommerkonzert.

Die alljährlich stattfindenden Veranstaltungen.

Ein Höhepunkt für die kulturinteressierten Dorfbewohner, verbunden mit dem Gedenken an ihren Vater, der diese Konzerte immer organisiert hatte.

Der Vater war vor einem Jahr an einem akuten Herzversagen verstorben.

Ein Streichquartett stand auf dem Programm.

Bach, Beethoven, Vivaldi.

Eva kennt die Musiker aus ihrer Musikschulzeit.

Sie erinnerte sich an den Unterricht, an ihre Flatterhaftigkeit und Ungeduld, wenn die Töne auf der Geige ihr nicht gelingen wollten. An die mahnenden Worte der Mutter, wenn sie wieder einmal tagelang das Instrument nicht in den Händen hatte. Statt zu üben, lieber im Wald herumtollte.

Heute hätte sie gern zu ihnen gehört, diesen brillanten Virtuosen. Im Altarraum hatte sie vor Beginn des Konzertes mit den Künstlern gesprochen, sich erinnert wie sie selbst das Bogenhaar über das Kolophonium zog, die Bogenschraube festdrehte, sich mit ein paar Tonleitern auf der Geige warm spielte, ehe das Schulkonzert begann.

So war es immer, sie stürzte sich begeistert in eine Sache, um dann viel zu schnell aufzugeben und etwas Neues anzufangen.

Traurigkeit befiel sie.

Was hätte sein können, wenn ...

Vielleicht wäre mein Leben ganz anders verlaufen, vielleicht wäre ich mit der Musik glücklich gewesen?

Ein kleines Orchester auf Konzertreisen?

Doch als sie nach dem Konzert mit den Musikern zusammensaß, war die Traurigkeit verflogen.

Am späten Nachmittag ging sie mit der Mutter auf den Friedhof, sie befreiten Grab und Grabstein von alten Kiefernadeln und pflanzten Geranien auf Vaters Ruhestätte.

So ganz nebenbei erzählte die Mutter, wie gern ihr Vater dem Violinenspiel der Tochter zugehört hatte – egal, wie es klang, auch wenn falsche Töne dabei waren.

Vaters Augen hätten vor Begeisterung geglänzt: Sie wird mal eine bedeutende Sologeigerin, hätte er gesagt.

Eva entging Mutters bedauerlicher Tonfall nicht.

Sie erinnerte sich, wie sie als Vierzehnjährige die zischenden Stimmen zwischen Mutter und Vater hinter dem gelben Lichtstreifen der Schlafzimmertür hörte: *Unsere Tochter hätte …, könnte …, ihr fehlt jeder Ergeiz.* Die Stimmen schwankten, und in ihrem Schwanken blähte sich der Lichtstreifen auf und verlosch.

»Nun, deine Enkelin übt fleißig auf meiner Violine und macht schon erhebliche Fortschritte.«

Wie der Bodensatz eines Teiches stieg alles wieder nach oben. Sie, die erfolglose Tochter. Ihre wirren, rhapsodisch wechselnden Misserfolge. Jedes Mal wenn sie zu Besuch kommt, schaut die Mutter mit fragendem Blick:

»Bist du denn zufrieden mit deiner jetzigen Tätigkeit?«

Eva ist sich sicher, etwas gefunden zu haben, was sie ausfüllt, aber wie soll sie es der Mutter glaubhaft machen? Und bedeutet dieser neue Job wirklich Erfüllung? Diesmal schien die Mutter keine Antwort abzuwarten, sie stand abrupt auf, holte eine angefangene Flasche Rotwein aus dem Küchenschrank, zwei Weingläser:

»Komm, wir setzen uns auf die Terrasse.«

Mit leicht zittriger Hand goss die Mutter den Wein ein. »Auf dein Wohl.«

Sie schien ausgeglichen und zufrieden.

Ein dünner Mond hing am verschleierten Himmel. Die Stille der Nacht hatte eine besondere Tiefe. Fledermäuse, die pfeilschnell durch den Garten flogen. Das geringste Geräusch ließ sie aufhorchen. Innere Klänge vollzogen sich in der Dunkelheit vom Ohr bis zum Herzschlag.

Mutter und Tochter. Zwischen beiden liegen Jahrzehnte. Berge und Täler.

Die Unterschiede liegen nicht so sehr in den Generationen, es sind die Erlebnisse, die Erfahrungen, die Lebensalter, die sie trennen.

Nach wenigen Schlucken Rotwein wurde die Mutter redselig, holte alte Erinnerungen hervor:

Weißt du noch …? Sie erzählte, wie sie beide in einer Boutique für den Tanzstundenabschlussball das zitronengelbe Kleid gekauft hatten.

Eva ergänzte Mutters Erinnerung:

»Ich habe in der Umkleidekabine diverse Kleider übergestreift, bin in die Absatzschuhe gestiegen, habe mich vorm Spiegel gedreht. Ich kam mir vor wie ein Mannequin, als ich vor den Augen der Anwesenden aus der Kabine stakste. Mein erster großer Auftritt.« Sie lachte.

Mutters Augen leuchteten.

Sie nippte an ihrem Weinglas, wie man das bei zu heißem Tee macht.

»Schau einmal auf den Dachboden. Ich muss dort oben Ordnung machen und entrümpeln. Irgendwo hängt noch das zitronengelbe Kleid. Und, du bist doch so kreativ, vielleicht findest du unter den Sachen etwas Brauchbares für deine Handarbeiten.«

Auf der Bodentreppe empfingen sie diverse Schuhe. In der Kammer stapelten sich Kisten. Alte Koffer, Stoffe, Kleider.

Im Raum schwebte ein Geruch von längst vergessen geglaubten Erinnerungen.

Die Musik vom Nachmittag noch im Ohr, kamen ihr die Dinge wie eine Sinfonie des Ausrangierten vor …, eine Idee, unfertig noch, wirbelte plötzlich in ihrem Kopf.

Der ganze Plunder von früher türmte sich in Regalen, wie ein riesiges Orchester, das auf seinen Einsatz wartete. Die Streichmusik im Kopf, kam ihr der alte Kleiderständer ins Blickfeld.

Wie ein Ensemble.

Die Kleider verstummt, die Bögen gezückt über den Saiten, bis der Dirigent den Einsatz gibt.

Sie, die Dirigentin. Ihr Konzert. Die Kleider ihr Orchester, sorgfältig auf den Bügeln, mit Folie abgedeckt. Folienhüllen klimperten wie ein Xylophon.

Sie hielt den Taktstock, den Einsatz gebend: Die Modenschau beginnt. Ein Tagtraum.

Am Morgen vor ihrer Abreise lag sie im Garten auf der Wiese, der Himmel über ihr, ein Gefühl von Unruhe, als hätte sich etwas zwischen den Wolken verfangen und auf den rechten Augenblick gewartet, herunterzufallen.

Wie in Trance sah sie die Kleidungsstücke, die Stoffe. Phantasiegebilde, die sie bei der Heimfahrt in dem vollgepackten Auto begleiteten.

Nach der Sommerpause ging sie beschwingt – den alten Lederkoffer im Gepäck –, durch den

Park zur Kulturhausvilla. Als sie am Erker vorbeiging, zur Freitreppe, über die ausgetretenen Stein-
stufen nach oben, war sie ganz euphorisch und
berauscht von einer neuen Idee.

Im Kulturraum saßen die Frauen an dem langen
Tisch. Schnatterten, lachten. Sie erzählten Storys
aus dem Arbeitsalltag und warteten auf Eva, die
sich heute etwas verspätet hatte.

Der Tisch war mit Stoffen überfüllt, buntem Filz,
Knöpfen, Schachteln mit Stickgarn.

Decken mit Blumen bestickt. Ein Kreis weißer
Blütenblätter und eine gelbe Mitte.

Abstrakte Formen auf Stoff kreiert.

Einige saßen vor ihrem Körbchen mit bunten
Stoffresten und übten sich mit Nadel und Faden.
Andere blätterten in ihren Handarbeitszeitungen.

Eva stürmte in den Raum, schwang tempera-
mentvoll den unförmig großen Lederkoffer auf
den Tisch.

Ehe sie zu reden begann, atmete sie tief durch,
schaute mit leuchtendem Blick in die Runde:
»Hallo ihr Lieben«, und als wolle sie alle mit einem fliegenden Teppich in ein fernes Wunder-
land entführen: »Heute habe ich etwas Neues mit
euch vor.« Sie stand da, als wollte sie ein Referat
vor der Prüfungskommission des pädagogischen

Rates halten: »Durch die Zeit reisen, das tun wir ständig. Von einer Woche zur anderen, von einem Nachmittag zum nächsten. Wir probieren Großmutters Strickmuster aus, zaubern aus alten Stoffresten eine Patchworkdecke, sammeln alte Knöpfe, um daraus Ketten aufzufädeln. Stickerei und bunten Stoffdruck auf Oster- oder Weihnachtsdecken. Serviettendekorationen und Häkeldeckchen. Alles schön und bewundernswert.

Aber heute möchte ich ein ganz neues Kapitel mit euch beginnen.«

Als würde sie neben sich stehen, hörte sie ihre entschiedene, fast diktatorische Stimme und versuchte einfühlsamer zu sprechen:

»Mädels, was bedeutet Kreativsein? Kreativität ist die Fähigkeit etwas zu erschaffen, was neu und originell ist. Nützliches und Brauchbares haben wir nun in Form von Deckchen, Tischwäsche und Ähnlichem.«

Sie räusperte sich kurz, dann sprach sie weiter:

»Wir sind alle berufstätig, unabhängig und selbstbewusst. Sind bestrebt, uns modisch zu kleiden, was nicht an mangelnder Kreativität scheitert, sondern an den ökonomischen Zwängen der textilen Massenfertigung. Eine Frau, die nichts Passendes zum Anziehen besitzt, sieht aus wie eine

Landschaft ohne Vegetation. Mode hat etwas mit Ideen zu tun, mit der Art wie wir leben. Mit ein bisschen Geschick, mit ein paar Tricks können wir etwas Farbenfrohes, Poppiges erschaffen.
Ein Kleidungsstück ganz individuell und selbstgefertigt.«

Damit war ihre Wörterflut erst einmal verebbt.
Im Raum herrschte bedrücktes Schweigen.
Silke schaute mutlos:
»Wie soll das gehen? Machst du jetzt mit uns einen Nähmaschinenkurs?«
Es wurde laut.
Ihr fiel der leere Platz neben Silke auf.
Wo ist Helene heute?
Eigenartig, dachte Eva.

Die Freundin hätte Bescheid gesagt, zumal sie kürzlich stolz bekanntgegeben hatte, dass es bei ihr im Laden endlich einen Telefonanschluss gibt.
Doch jetzt war keine Zeit, sich Gedanken zu machen
Sätze, Worte prallten von allen Seiten auf Eva ein.
Zerplatzten schließlich wie Blasen auf der Oberfläche.
Alle schienen sich einig.
»Ich mache da nicht mit«, und
»An der Nähmaschine sitzen?«

»Selbstgeschneidertes?«

Enttäuscht öffnete sie den Koffer, zog ein Kleidungsstück nach dem anderen heraus. Spitzenunterröcke, Blusen von ihrer Großmutter. Eine alte Lederjacke, Klöppelspitzen, Leinenstoff. Etwas verstimmt, versuchte sie es noch einmal: »Wer etwas selbst näht und gestaltet, steckt seine ganze Energie und sein Herzblut hinein und die Trägerin hat ein ganz anderes Selbstbewusstsein.« Aber sie schien an diesem Nachmittag mit ihren Worten nichts zu erreichen.

HELENE

Sie hätte Eva anrufen sollen – ihr erzählen von dem Unfall, von der verunglückten Radfahrerin. Das Schweigen rauscht ihr in den Ohren wie ein Orkan. Vielleicht hatte Eva versucht, bei Uwe im Laden anzurufen? Vielleicht hatte Uwe das Klingeln überhört? Sie hätte anrufen sollen.
Sie hätte ihr erzählen müssen von dem Unfall, von der verunglückten Radfahrerin.

Sie erinnerte sich an den Beginn ihrer Freundschaft. Eine bekannte, sehr beliebte Studentenkneipe in der Bezirkshauptstadt.
Lange Holztische, Holzbänke, auf denen die Jungen mit ihren Biergläsern saßen. Laut grölend.
An den Sechsertischen in Fensternähe saßen die Studentinnen, lachend und schwatzend.
Verstohlene Blicke von Tisch zu Tisch. Eines Abends, als sie verspätet von der Anatomie-Vorlesung kam, saß da eine Fremde auf ihrem Platz. *Das ist Eva,* so stellte eine Kommilitonin sie ihr vor: *Wir haben uns im Literaturinstitut kennengelernt.* Helene reagierte verärgert: *Das hier ist mein Stammplatz.* Eva hatte eine Flasche Rotwein vor sich zu stehen, daneben das halbleere Glas.

Helene zeigte auf die Flasche: *Wir trinken hier alle Bier vom Fass.* Seltsam, Eva ließ sich nicht einschüchtern; sie nahm Flasche und Weinglas, räumte den Fensterplatz und setzte sich an den Nachbartisch. An jenem Abend war die Stimmung getrübt, zumindest empfand es Helene so.

Eine Woche später feierten die Medizinstudenten in der Kneipe ihr bestandenes Physikum.

Die Tische im Raum wurden zusammengerückt und es herrschte eine heiter, beschwingte Stimmung im Saal. Helene kam wieder einmal etwas später. Ahnungslos, was hier abging, hätte sie am liebsten der johlenden Truppe den Rücken gekehrt, doch die Rufe von allen Seiten gaben ihr keine Chance.

Erstaunlicherweise winkte diese Eva, sie hatte einen Platz freigehalten, füllte ihr das Weinglas und prostete ihr zu.

Es wurde ein feuchtfröhlicher Abend, und auf dem Nachhauseweg gab Eva ihr die Adresse zu ihrer Studentenbude: »Kannst mich mal besuchen kommen.«

Eine feste Freundschaft fand ihren Anfang.

Eva wohnte zur Untermiete in der Dachkammer eines alten zweistöckigen Bürgerhauses.

Für Helene, die sich im Studentenwohnheim mit einer Kommilitonin ein kleines Zimmer teilen musste, war das *Luxus pur*.

Evas Dachkammer hatte einen Heizkörper, ein Spülbecken mit einer Küchenzeile und einen kleinen Elektroherd mit zwei Kochplatten.

Auf dem grauen Linolfußboden vor dem Schlafsofa lag ein bunter Teppichläufer.

An der Wand über dem Sofa hing ein mit Büchern vollgestopftes Regal.

Das Zimmer strahlte eine Wohlfühlatmosphäre aus.

Eva hatte Beziehungen zu guten Büchern, zu Schallplatten mit Westmusik.

Sie besaß einen Plattenspieler. Musik wie *Forever Young, The Singles* ..., alles, was es so in den achtziger Jahren gab.

Als Helene neben Eva auf dem Sofa saß, spürte sie zum ersten Mal das Gefühl, bei sich selbst zu sein ..., hatte leise, locker in die Musik hineingesummt.

Es war, als hätte sie sich selbst noch einmal neu erfunden. Mit der Freundin kein Drumherum -, kein Aneinandervorbei-Gerede, keine vorsichtigen Pausen, kein peinliches Schweigen, kein unterdrücktes Gähnen. Dabei stellten sie fest, dass sie ganz verschieden waren. Sie hatte Angst vor ihrem Schatten, Eva meinte: »Ich pfeife drauf.«

Sie sagte nie, was sie bedrückt. Eva sagte frei heraus, was sie dachte.

Man scheute sich nicht, das Absonderlichste auszusprechen, denn man war sicher, verstanden zu werden. Sie hörten bis in die Nacht hinein Musik, tranken Rotwein, schwatzten, lachten. Wenn die Untermieterin an das Heizungsrohr pochte, stellten sie die Musik aus und redeten leise miteinander, mit dem Wissen, dass die Wände Ohren hatten. Oft war es spät geworden, die Straßenbahn fuhr nicht mehr. Dann schlief Helene bei Eva.

Sie schliefen zusammen in dem Bett, das kaum einen Meter breit war. Rücken an Rücken. Als sie irgendwann mit gigantischen Kopfschmerzen erwachten, mussten sie lachend feststellen: Sie hatten beide noch ihre Straßenkleidung an, die Sandalen lagen auf dem Fußboden verstreut. Der Nagellack an den Füßen glitzerte im Morgenlicht.

Dann eines Abends als Helene voll bepackt mit Weizenbrot, Käseecken, Rotwein und der neuesten Schallplatte von Mireille Mathieu unterm Arm die Treppen zur Dachkammer hocheilte, klingelte und ungewohnt lange warten musste, bis die Tür

sich öffnete, stand Eva zerzaust und in ein Bade-
tuch gehüllt vor ihr.

»Oh, Lena, hatten wir uns für heute verabredet?«
Sie stammelte so etwas von »ganz vergessen« und
»unpassend«. Und: »Ich erkläre dir alles morgen,
okay?«

Plötzlich wurde ihr bewusst, dass es noch etwas
anderes gab, als ein Treffen unter Freundinnen.
Was hatte sie denn geglaubt?

Dass für Eva die männliche Hälfte des Daseins
hinter dem Horizont versunken war? Natürlich
nicht.

Ihr wurde klar, dass nun ihrer beider Freundschaft an die zweite Stelle gerückt war.

Sie tröstete sich zunächst in ihrem Internatszim-
mer mit Mireille Mathieus *La Paloma ade*.

Eva hatte sich in den Medizinstudenten Michael
verliebt. Wurde irgendwann schwanger, trug ihren
Schwangerschaftsbauch unbeirrt und stolz in den
Hörsaal.

»Ich bewundere dich«,
und das war echt gemeint, als sie sich mit Eva in
der Studentenkneipe traf.

Eva lächelte abwesend und Helene dachte an die
gemeinsam verbrachte Zeit, an die Dachkammer,

die nun von Freund Michael und bald mit einem Babykörbchen für sie blockiert war.

Wie sollte das weitergehen mit ihrer beider Freundschaft? Das regelmäßige Treffen beibehalten? Das könnte schwierig werden.

Sie, die einsame, Zuwendung fordernde Freundin auf dem Sofa neben zwei Frischverliebten?

Eva hatte sie zur Patin ihrer kleinen Tochter ernannt. Sie hatte Eva bewundert, eine Studentin mit Mann und Kind. Wie sie alles im Griff hatte. Stillzeit, Studierzeit. Liebe?

Das Mutterglück schien Eva voll auszufüllen, obwohl es ihr manchmal vorkam, als ob dem Glück eher Ängste folgten.

Helene zog sich immer mehr zurück. Sie bewarb sich nach dem Studium für eine Arbeitsstelle in der Kreisstadt, bekam eine kleine Wohnung in der Nähe des Krankenhauses, stürzte sich in ihre Arbeit und in eine Reihe von vornherein aussichtsloser Affären.

Trotz der Entfernung, der anderen Lebensweisen, blieb ihnen beiden der Eindruck, von allem die Hälfte zu sein – Freundschaft eben.

Sie fuhr immer seltener in die Großstadt zur Freundin, die Stadt, die sie beide zusammengebracht hatte. Der Kontakt brach zwischenzeitlich ganz ab. Bis sie eines Tages im Spätdienst auf den jungen Assistenzarzt traf: »Dr. Hofmann«, so stellte er sich vor.

»Michael?«

Erstaunen und Freude:

»Du hier? Und wo ist Eva mit dem Kind?«

»Ich wohne zurzeit zur Untermiete bei einer älteren Dame in der Tuchmacherstraße. Wenn wir eine Wohnung gefunden haben, kommt Eva mit dem Kind nach.«

Er erzählte, dass Eva ihn bei der Suche nach einer Arbeitsstelle unterstützt hatte. »Es sollte unbedingt dieses Krankenhaus sein, in dieser, deiner Stadt.« Eva hätte ihm oft und permanent von ihrer beider Freundschaft erzählt.

Er lachte: »Nun hat sie erreicht, was sie wollte.«

Was verbindet Freundinnen?

Was bedeutet Freundschaft? Sie erinnerte sich an ihre handgeschriebenen Zettel mit Sprüchen, die sie als Teenager auf der Pinnwand über ihrem Bett angebracht hatte:

Die Tür zu einer echten Freundin kann knarren und klemmen, ist aber nie verschlossen.

Elizabeth Taylor soll gesagt haben:

Echte Freunde zeigen sich, wenn du in einen Skandal verwickelt bist.

Am besten gefiel ihr der Spruch von Marlene Dietrich: *Freunde, die man um vier Uhr morgens anrufen kann, nur diese zählen.*

Woran lag es, dass man die beste Freundin irgendwann nicht mehr fragte, wie es ihr geht?

Sie hätte anrufen sollen.

Es gab eine Telefonzelle an der Straßenecke vor dem Krankenhauseingang.

Diese gelben Häuschen waren entweder besetzt – auch wenn eine Aufschrift mahnte:

Fasse dich kurz! – oder man hatte gerade kein Kleingeld dabei, um damit den Anschluss zu aktivieren. Aber an jenem Tag war das eine vage Entschuldigung. Sie hätte anrufen sollen.

Zwei Wochen später, es war wie damals in der Studentenkneipe. Nur, dass sie in einer Kleinstadt im Restaurant am Marktplatz saßen. Kein Studentengeschwätz, kein verqualmter, bierseliger Raum.

Leise Musik und das Geräusch von Geschirr, die Gespräche der Gäste. Eva winkte der Bedienung und bestellte eine Flasche Rotwein – den so beliebten Rosenthaler Kadarka. Sie prosteten sich zu. Der forsche Ton kam an jenem Abend von

Eva: »Sag mal Lena, wo warst du eigentlich letzte Woche? Ich hätte dich gebraucht – als Beistand, als Verstärkung, als moralische Stütze.«

Besteck klirrte, Gespräche überlagerten sich. Der Kellner wirbelte mit Tellerstapeln umher.

»Ich hatte dir doch erzählt von meiner neuen Idee, das mit der Modegestaltung. Deine Anwesenheit, deine Begeisterung für die Sache hätten mir sehr geholfen. Weißt du, wie missmutig die Teilnehmer der Kreativgruppe mich angestarrt haben?«

Helene unterbrach Evas Redefluss.

»Es gibt Schlimmeres …«

Sie ließ ihren Erinnerungsfilm ablaufen wie eine Fleißarbeit, an der sie ängstlich sich selbst prüfte: Wie konnte das alles geschehen?

Erregt trank sie vom Wein und erzählte.

»Oh sorry, der Unfall mit der Fahrradfahrerin?«, eine Mischung aus Erleichterung und einem Rest Aufgebrachtheit klangen in Evas Stimme mit: »Warum erfahre ich das erst jetzt? Das warst du? Ich habe es in der Zeitung gelesen.«

Die Geschichte, die Helene von der Verunfallten erzählte, war ziemlich umfassend …

Sie endete mit den Anteil nehmenden Worten:

»Die Fahrradfahrerin tut mir mächtig leid. Kann ich sie vielleicht …«, erst beim Reden schien ihr die spontane Idee gekommen zu sein, diese Frau in die Kreativgruppe mitzubringen.

»Sie wirkt so depressiv, ich denke, sie braucht jemanden, der sie von ihrem Trauma ablenkt.«

»Wie bitte? Eine Neue in unserer Gruppe? Das ist jetzt unpassend. Ich möchte ein neues Projekt beginnen.«

Dann zögerte Eva: »Frag sie, ob sie mit einer Nähmaschine umgehen kann – wer künstlerisch geschickt ist, muss nicht absolut auch mit Textilarbeiten umgehen können.«

Eva erläuterte ihre neue Idee, die Zielsetzung-

»Wir wollen Kleider nähen. Die erlernten Fähigkeiten – Sticken, Drucken, Muster entwerfen.
All das werden wir in Zukunft auf Kleidungsstücke übertragen. Wer wenig motiviert ist zum Nähen, für den werde ich die kreative Handarbeitsgruppe an einem anderen Nachmittag weiterführen. Fortan wird es zwei Gruppen geben: Modegruppe und Handarbeitsgruppe.«
Dann kam sie ins Stocken …
»Nun ja …, ich muss mir natürlich erst einmal das Okay vom Kulturhausleiter einholen.«

»Was hast du dir dabei gedacht? Wir sind doch keine Schneiderinnen. Und wer hat sich denn überhaupt entschieden, bei deiner Modegruppe mitzumachen?«

»Na hör mal Lena, du doch hoffentlich? Du hast eine Nähmaschine zu Hause und kannst Tischdecken nähen, Kissenbezüge und ähnliches. Da wirst du wohl auch Kleidungsstücke nähen können. Diese gestalten wir dann ganz individuell mit unseren Stickereien, Applikationen oder ähnlich. Ich habe gerade vor kurzem eine elektrische Veritas-Koffernähmaschine erstanden, die kann ich bequem auch für die Nachmittage mit ins Kulturhaus bringen.« Sie drehte nervös am Stiel ihres Weinglases: »Na, und ich habe einige Modezeitschriften mit Schnittmusterbögen.«

Eva hatte sich in Rage geredet. Um vom Thema abzulenken, fragte sie nach Uwe: »Wie hat Uwe auf den Unfall reagiert? Dein Uwe, der, wenn man euch zusammen irgendwo trifft, immer noch wie ein Frischverliebter strahlt.«

Helene musste lachen: »Na ja, in jener Nacht nach dem Unfall krochen wir unter die Bettdecke, lagen dicht beieinander. Er streichelte mir den Rücken, die Schultern, das Gesicht – lange, ausgiebig, zärtlich. Ist dir auch wirklich nichts passiert?, fragte er in dieser Nacht immer und immer wieder. Ich glaube, er hatte gar nicht geschlafen. Er, der sonst von uns beiden zuerst einschläft.«

»Dein Uwe und du, ich wünsche euch so sehr ein Kind. Meine beiden Töchter sehnen sich manchmal nach einem Vater, der immer erreichbar ist. Wenn Michael aus seiner Arztpraxis nach Hause kommt, schlafen sie längst, und zweimal im Monat hat er Wochenenddienst im Krankenhaus, da sehen sie ihn gar nicht.«

»Ach komm, er ist doch aber ansonsten ein ganz lieber Vater und Ehemann!«

Eva erhob ihr Weinglas:

»Prost, auf unsere Männer!«

»Ach, übrigens, Uwe ist heute unterwegs gewesen, um einen neuen Kotflügel für den Trabant zu bekommen. Er hat sämtliche Autowerkstätten abgeklappert: Nichts. Nun werde ich wohl erst einmal mit dem kaputten Teil durch die Gegend rollen müssen.«

Der Kellner räumte auf. Ein letzter Schluck Wein. Als beide die Kneipe verließen, fühlte sich die Welt leicht, locker, rosig an. Sie schwankten auf dem Fußweg hin und her, lachten und sangen den gerade aktuellen Schlager: *Ein himmelblauer Trabant rollte durchs Land, mitten im Regen…*

INA

Der Unfall schien alles verändert zu haben.

Erste Arbeitstage nach dem Unfall, Buchstaben verschwammen vor ihren Augen. Sie hatte kaum geschlafen. Ihr Schlaf war in Stücke geteilt.

Sie wollte im Nebel des Halbschlafes bleiben, im milchigen Dunst eines Traumes, der sie über eine Zeit des Dahindämmerns vielleicht zu einem guten Ende führen könnte.

Aber es gelang nicht einmal im Traum.

Erinnerungssplitter rauschten über sie hinweg.

Wie war das mit Martin nach dem Faschingsball? Damals hatte er sie umkreist, wie ein Planet seine Sonne.

Mit genügend Alkohol im Blut, endete die Fete im Morgendämmern mit einem Kuss vor ihrer Haustür.

Vielleicht hatte ihr imponiert, dass er Student der Architektur war?

Vielleicht fühlte sie sich geschmeichelt, weil er ihr so tolle Komplimente machte?

Vielleicht aber wollte sie einfach einen Freund haben wie all ihre Freundinnen?

Liebe? Was ist Liebe?

Vielleicht ein Regenbogen, wunderschön, solange er da ist, und so schnell wie ein Augenblinzeln wieder verschwunden.

Ina sieht ihren Martin auf dem Sofa sitzen, beide Beine steif nebeneinander, wie ein Versicherungsmakler, der ihr einen günstigen Vertrag anbieten will.

Sie umklammerte krampfhaft die Armlehnen des Sessels.

Martin bedeckte mit seinen Händen Augen und Mund, als rede er mit sich selbst.

Das Gespräch schleppte sich langsam durch den Raum.

Sie hatte bittere Wörter in der Brust und im Hals, zu viele, die sich aneinander vorbeidrängen wollten, jedes wollte vorne sein, und doch blockierten sie sich alle gegenseitig.

Wutwörter.

Ein seltsames Gebaren, als habe er Schuldgefühle. Zwischendurch schaute er hoch, schaute zur Tür, als könne er Sorge haben, dass seine Tochter zuhört.

Er und die namenlose Frau hatten jahrelang im selben Hotel ihre Zimmer gebucht.

Einfacher geht es nicht, hatte Ina gedacht, sich gewundert, dass er so offenherzig alles erzählte:

»Man traf sich an all den dienstlichen Treffpunkten. Komiteesitzungen. Im Referenzsaal. Beim Mittagessen im Universitätsgelände, abends im Hotelrestaurant. Anfangs haben wir von Zimmer zu Zimmer telefoniert«, er räusperte sich, hob die Stimme. »Doch als der letzte Auftrag vor dem Abschluss stand, war da so eine Bemerkung, dass sie das regelmäßige Telefonat vermissen werde… Ach, warum erzähle ich dir das alles.«

Sie saß da, überlegte: Wann war es?

Wann begannen diese akribisch geplanten Tagungen, Qualifizierungen in Berlin?

Genau vierzehn Tage nach ihrem Unfall, hatte Martin seine Sachen gepackt und war für immer verschwunden. Er hatte sich davongestohlen, vorbehaltlos die Kulisse seines bisherigen Lebens verlassen.

Sie rieb den beschlagenen Spiegel über dem Waschbecken ab, sah ihr müdes, zerknittertes Gesicht, ein Echo ihres Ichs, betrachtete ihr verschwommenes Spiegelbild.

Es ist vorbei …Sie hatte es lange schon geahnt.

Den Scheidungsantrag hatte Martin schnell gestellt – er wurde vor Gericht geprüft, der Richter stellte fest, dass es für Kind und Ehegattin keine »unzumutbare Härte« bedeutete.

Die Scheidung war problemlos verlaufen. Nach dem Scheidungsgesetz lagen ernstliche Gründe vor, dass die Ehe ihren Sinn für die Ehegatten, das Kind und damit auch für die sozialistische Gesellschaft verloren hatte.

Wer wen betrogen hatte, wurde nicht erörtert.

Alle Energie war aus ihr herausgeschüttet, ihr war, als wäre sie körperlos, als bestünde sie nur noch aus weicher haltloser Masse.

Die Tochter hatte sich bei der Großmutter häuslich eingerichtet: »Deine Mama braucht Ruhe«, hatte sie gemeint.

Die Wände sind dünn, sie hörte die Spülung der Wohnung von nebenan rauschen.

Nie ist man allein, dachte sie. Immer bloß einsam. Ihre Wohnung zu verlassen, fühlte sich an wie ein Ausflug in eine fremde Welt.

Vielleicht hatte der Unfall ihr Gleichgewichtszentrum durcheinandergebracht?

Eines Tages, als sie von der Arbeit nach Hause kam, sich gerade einen Tee gekocht hatte, klingelte es an der Wohnungstür.

Sie zuckte zusammen: Martin? Er hatte vor dem Verlassen der Wohnung demonstrativ seinen Wohnungsschlüssel auf den Küchentisch gelegt.

Ein sichtbarer Schlussstrich.

Sie warf einen Blick in den Flurspiegel, schob eine Haarsträhne, die ihren Blick zerteilte, zur Seite und öffnete klopfenden Herzen die Tür. »Ach …«, am liebsten hätte sie die Tür wieder zugeschlagen. Wie dunkle Wolken zogen Verdutztheit, Scham und Wiedererkennen über sie hinweg: Sie wollte jetzt keinen Seelentröster, oder doch?

»Hallo, darf ich reinkommen?«

Helene Berger stand vor der Tür.

Sie führte sie ins Wohnzimmer, bot ihr den Sessel an und einen Tee.

Als sie sich ihr gegenüber auf das Sofa setzte, musterte sie ihre Besucherin, benutzte beim Sprechen mehr Gesten als Worte:

»Ich hätte dich wieder auf den Balkon geführt, aber dort ist alles mit Umzugskisten blockiert. Mein Mann, das heißt mein Ex-Mann, hat sie immer noch nicht abgeholt.«

Sie zerteilte die Luft wie einen Vorhang, formte mit beiden Händen fächelnde Körper, nervös, unrhythmisch. Bewegungen wie eine Gebärdendolmetscherin. Vielleicht ein destruktives Verhaltensmuster nach Unfalltrauma? Gedanken überlagerten sich …Sie hielt sich am Teeglas fest, presste die Lippen aufeinander, rollte sich innerlich zusammen wie ein vergilbtes Blatt.

Sie musste an ihren ersten Arbeitstag nach dem Unfall denken. Ihr Chef hatte den Zeitungsartikel über den Unfall gelesen, ihre Diagnose auf dem Krankenschein …, hatte sich bedeckt gehalten.

Dann die indiskrete Frage gestellt, ob sie eventuell noch ein paar Tage Urlaub nehmen wolle.

Er musste beim Diktieren der Berichte ihre hektischen Bewegungen und ein Rot, das ihren Hals überzog, bemerkt haben.

Sie saß mit Stift und Stenoblock ihm gegenüber, als er das Diktat abrupt unterbrach, und ihr die Frage mit dem Urlaub stellte …

Nun Helene. Was wollte sie ihr raten?

Die Stille hatte fast das erträgliche Maß überschritten, als diese zu sprechen begann.

»Ich wollte schon letzte Woche mal vorbeischauen, aber ich hatte kein Auto. Mein Mann konnte es endlich in die Werkstatt bringen.«

Sie sah, wie Helene sich mit der Hand auf den Mund schlug: »Dumm von mir, ich bin nicht gekommen, um über das Auto zu reden.«

Helene sprach langsam. Sätze verschwammen zu einzelnen Worten. »Ich wollte dich fragen, ob du mitkommst ins Kulturhaus:«

Sie sprach von Kreativität, Selbstverwirklichung, ein Treffen außerhalb des Arbeitsalltages.

»Wir sticken und drucken nach eigenen Entwürfen. Aus zerrissenen Nylonstrümpfen formen wir Blumen, aus Jutefasern Sträuße. Aus Knöpfen werden Perlenapplikationen. Es ist sehr entspannend und du lernst viele nette Leute kennen.«

Na klar, sie will mich zum Psychiater schicken, dachte Ina sofort. Was hatte der Chef ihr kürzlich zu einem Verunfallten diktiert: *Zustand nach Schädelhirntrauma, Commotio cerebri mit längerer Bewusstlosigkeit, schizoide Persönlichkeitsstörungen.*
Das könnte wohl auch zu ihr passen.
Vielleicht ist in ihrem Kopf wirklich alles etwas durcheinandergeraten?
Vielleicht hatte sie es mit ihrem Trauma auch Martin leicht gemacht, einfach seine Sachen zusammenzusammeln, die Wohnungstür ins Schloss fallenzulassen, und zur anderen ins Bett zu kriechen?
Ist doch ganz einfach bei einer Frau, bei der es im Kopf nicht mehr ganz rund läuft …
Vielleicht …, vielleicht war sie schon immer nicht ganz klar im Kopf gewesen? Vielleicht ist nur dadurch der Fahrradunfall passiert?

Ein kurzes Wegtreten der Gehirnzellen und krach, bum, aus ...? Ihr Gegenüber schien ihren Seelenknick zu spüren, sie holte ein Faltblatt aus der Handtasche und schob es über den Tisch:

»Schau hier einmal rein. Inzwischen findet diese Gruppe – offiziell nennt sie sich: *Zirkel für künstlerische Textilgestaltung*, immer mehr Zulauf. Die Abende werden gesponsert vom Bezirkskabinett für Kulturarbeit und sind speziell für berufstätige Frauen gedacht. Die Leiterin Eva Hofmann ist eine Freundin von mir, sie hat ein Zertifikat als Dozentin für künstlerisches Volkskunstschaffen. Inzwischen leitet sie zwei Gruppen – man kann sich entscheiden, zwischen Modegestaltung oder textilen Handarbeiten. Wenn du interessiert bist, komme ich am nächsten Freitag bei dir vorbei und nehme dich im Auto mit.«

Wie durch ein Wunder löste sich die gefühlte Spannung.

Helene gab ihr eine Telefonnummer mit der Bemerkung: »**Ruf mich an, wenn du magst.** Eine Telefonzelle ist ja, wie ich gesehen habe, direkt bei dir um die Ecke.«

EVA und IHRE GRUPPE

Sie hatte mit ihren Ausführungen einige Frauen zum Nähen und Gestalten von Kleidungsstücken motivieren können.

Anregungen purzelten plötzlich von allen Seiten auf sie ein. Sie sah die Modeideen wie einen sich aus der Spule rollenden, bunten Faden durch den Raum schweben.

Man diskutierte, redete über die verschiedenen Nähmaschinentypen.

Sie lachten über Großmutters alte handbetriebene Singer-Nähmaschine mit Schwungrad, Lederriemen und Pedal, die immer noch funktionstüchtig ist und jetzt wieder in Betrieb gehen könnte.

Katrin hielt begeistert ihr bunt besticktes Leinentuch in die Höhe.

»Schaut einmal, daraus kann eine Bluse werden, Rüschen an Ärmel und Kragen. Ein Hingucker.«

Eva konterte. »Na ja, du willst zu viel auf einmal. Entweder Rüschen oder Stickerei. Stickerei ist ein reines Kunstwerk. Wenn du dazu noch Rüschen nimmst, dann stiehlst du der Stickerei die Aufmerksamkeit.«

In dieses emsige Treiben geriet Helene mit Ina im Schlepptau. Ina hob die Hand, wie zum Winken, ließ sie fallen und bewegte sich langsam, ganz langsam mit kleinen, schweren Schritten von der Eingangstür in den Raum. Helene stellte die Neue vor, setzte sie auf den Stuhl neben sich. Wie eine Marionette ohne Fäden saß Ina da und schaute argwöhnisch in die Runde.

Um sie herum wurde geredet, gelacht und geschwatzt. Worte – viele hin und her Kaskaden.

Adressen wurden ausgetauscht, wo und wie man günstig und gut Stoffe zu kaufen bekommt.

Wo Knöpfe und Pailletten, wo Nähgarn und Stecknadeln. Man hatte Zeichenblätter vor sich liegen, Schnittmusterbögen.

Man diskutierte, wie erste Entwürfe und Skizzen am besten umzusetzen sind.

Ina spürte ein Nagen in der Brust, ein dunkles Drücken, weil sie sich nicht dazugehörig fühlte. Sie sah wie von außen auf die Dinge, wünschte sich ein Schneckenhaus, in das sie sich zurückziehen kann.

Schneckenhaus …

Sie musste an ihre Hochzeitsfeier denken. Damals das gleiche Unbehagen.

Ihre Stimme saß wie eine Blase in der Kehle. Ein großer Saal im Dorfgasthof. Martin hatte seinen großen Freundeskreis eingeladen, die Eltern das halbe Dorf.

Sie fühlte sich fremd. Schweigen war einfacher als das Bemühen, sich verständlich zu machen.

Dann das Kind in ihr, in Fötushaltung.

Sie hoffte, dass es noch keiner sah.

Sie fühlte sich unwohl in ihrem weißen Tüll und dem Schleier im Haar.

Im Saal herrschte perlendes, sprudelndes Lachen, von Musik begleitet.

Über allem schwebte eine Lärmwolke. In dem Gewirr von Stimmen schien niemand ihr Stummsein zu bemerken.

Sie saß da, klappte zu wie eine Muschel. Wenn man sie ansprach, versuchte sie ein schiefes Lächeln. Stammelte, stockte, hing fest in ihren Sätzen wie ein Insekt im Spinnennetz.

An jenem Nachmittag im Kulturhaus war dieses hilflose Schweigen wieder in ihr.

Sie antwortete einsilbig auf Fragen, ohne sich selbst richtig zuzuhören.

Irgendwann im Laufe des Abends löste Helene den Knoten in ihr: »Schau mal, Ina, du kennst dich doch mit Schmetterlingen gut aus? In Gedanken sehe ich dein Keramikschild an eurer Wohnungstür.«

Helene zeichnete mit beiden Händen imaginäre Formen in die Luft:

»Ich möchte auf meine Bluse Schmetterlinge aus bunter Seide applizieren. Kannst du mir helfen? Ich kriege einfach keinen ordentlichen Schmetterling gezeichnet.«

Wie von einem wärmenden Impuls geführt, stand Ina auf, ging zu Helenes Platz, nahm den Zeichenblock und entwarf mit dem Stift in geübter Geschwindigkeit mehrere Schmetterlinge auf das Papier:

»Du könntest einen einzelnen Schmetterling linksseitig aufnähen. Oder, was ich auch gut finden würde: Mehrere kleine, verschiedenfarbige Schmetterlinge auf hellem Untergrund über das ganze Dekolleté verteilt«, ihre Stimme steigerte sich, als sie weiterredete:

»Letzteres macht vielleicht zu viel Arbeit, denn dann müsstest du alles mit Stecknadeln befestigen und mit der Hand aufnähen."

Ina hatte eine Sprache gefunden.

SILKE

Silke Köhler, die Älteste in der Kreativgruppe, verstand es, wie niemand anderes zu plaudern. Alltagsgeschichten zu erzählen. Ein verschwenderisches Hin und Her von Worten.

Ihre Anwesenheit sorgte immer für angenehme Unterhaltung.

So ganz nebenbei erzählte sie von ihrer Tochter:

»Stellt euch vor, der Hochzeitstermin meiner Tochter droht zu platzen.«

» Warum?«

»Weil sie kein passendes Hochzeitskleid findet.«

Worte flogen wie Konfettiwirbel durch den Raum.

»Claudia ist furchtbar anspruchsvoll. Entweder sieht das Kleid zu billig aus, es gibt keine passende Kleidergröße, oder das Kleid ist der jungen Braut zu teuer.«

»Ist das alles?«, flötete Katrin spöttisch.

»Na ja, außerdem hat sie den typisch jugendlichen Drang, anders sein zu wollen, etwas ganz Einmaliges.« Eva meinte: »Ist doch super, da können wir doch alle helfen, etwas Passendes für sie zu finden. Und das werden dann unsere ersten Schneiderinnen- und Gestaltungsversuche.«

Silke war begeistert.

So stellte man sich mit Fantasie und viel kreativer Energie der Herausforderung.

Modezeitschriften wie *Saison, Sibylle, Pramo* wurden durchforscht.

Schnittmusterbögen ausgetauscht.

An einem der Nachmittage brachte Silke ihre
Tochter mit.

Die neunzehnjährige, zukünftige Braut hatte einen Zeichenblock dabei. Eine Skizze, die allgemeine Bewunderung fand: Weit ausgestellter Spit-
zenrock, Blusentop mit Spagettiträgern.

So versuchte man mit Hilfe eines Schnittmuster-
bogens ein akzeptables Ensemble zu zaubern.

Angeriehene Stoffbahnen, bodenlang der Rock.

Entwürfe für Stoffapplikationen, die zuvor für
Bildkollagen gedacht waren, wurden für das Dekolleté des Hochzeitskleides zusammengetragen.

Weiße Futterseidenreste, weißglänzende Pailletten, Blumenstickerei.

Emsig wurde zugeschnitten, angesteckt, angehef-
tet. Stecknadeln zwischen den Lippen behinder-
ten Diskussionen. Katrin lief um die Braut herum, steckte den Saum fest. Zwei andere setzten
die Ärmel ein. Man war zufrieden mit dem Ge-
meinschaftswerk.

Mit dem Einnähen des Reißverschlusses taten sich die Laienschneiderinnen schwer.

Reißverschlüsse: Ein unergründliches Mysterium.

Die Zeit lief ihnen davon. Eva beschloss, Silke solle am Tag der Hochzeit, per Hand mit Nadel und Faden, die Engstelle am Körper vernähen.

Das Brautpaar hatte die Gruppe zum Polterabend eingeladen.

Der Polterabend fand im Klubhaus des Betriebes statt, in dem der Bräutigam arbeitete.

Eine Feier mit hunderten von Gästen.

Polterabend, so wird es in Grimms Wörterbuch aus dem 19. Jahrhundert beschrieben,

wird am Vorabend der Hochzeit durch »Schmaus, Tanz und allerlei Scherz« gefeiert.

Vor den Eingang des Gebäudes hatte man einen großen Feldstein gelegt.

Hier krachten den ganzen Abend mit Enthusiasmus und Elan ausgediente Porzellanteller, alte Kompottschalen, Schüsseln, Vasen und Keramiktassen gegen den Stein.

»Scherben bringen Glück!«

Ein Sprichwort, das dem Brauch des Porzellanzerbrechens zugrunde liegt.

Eva hatte für diesen Abend einen besonderen Plan, den sie zuvor mit Helene diskutierte.

»Wir machen am Polterabend eine kleine Modenschau. Wie findest du das?«

»Wie soll das gehen?«

Es war Helene, die zweifelte: »Immer du mit deinen besonderen Plänen. Es sind nur noch zehn Tage, und im Nähen von Kleidern sind wir nun wirklich noch ungeübt.«

Helene ärgerte sich. Nie konnte man in Evas Gegenwart entspannen. Ihre Intensität war oft erschöpfend. Wenn sie unzufrieden war, rief sie: »Das muss besser werden, kreativer!« und man wagte nicht zu widersprechen. Mit rücksichtsloser Energie war sie hinter dem her, was sie für das Vollkommene hielt. Und nun kam sie mit dieser Modenschau-Idee…

Eva schien Helenes Unmut gespürt zu haben, und lenkte ein: »Na gut, du hast ja recht.

Wir haben noch wenig Übung im Nähen.«

Damit schien das Thema erledigt.

Aber nicht für Eva.

Ohne noch einmal mit Helene Rücksprache zu halten, verkündete sie beim Freitagstreffen (Silke und Tochter hatten sich für die nächste Zeit abgemeldet)… »Wir machen zum Polterabend eine

Hut-Modenschau unter dem Motto: *Die Frau hat den Hut auf.* Das ist doch witzig, oder?«

Keiner wagte zu widersprechen und als man sich am Wochenende vor dem Polterabend traf, wurde es dann – dank Evas Idee –, doch noch eine lustige Runde.

Jeder hatte eine ganz eigene Hut-Modellidee skizziert. Man hatte auf Dachböden gestöbert, in alten Truhen und Schränken nach Materialien gesucht. Alte Strohhüte wurden mit abenteuerlichen Applikationen aus ungewöhnlichen Materialien wie Folie, Filz, Draht, alten Seidenstrümpfen verziert. Katrin, die handwerklich Geschickteste unter ihnen, hatte aus einer alten Lederjacke einen Hut gezaubert. Margit, die im Schuhgeschäft als Verkäuferin arbeitete, vorgab, wenig Zeit zu haben, nahm einen alten Kaffeewärmer als Hut.

Sie trugen ihre, gerade in Mode gekommenen engen Minikleider:

Rot, Blau, Grün, Gelb, Orange.

Eva malte auf breite Stoffbänder Sprüche, die sich jeder am Abend wie eine Schärpe um den Körper legte:

Gut behütet ist halb gestylt!

und

Die Frau hat den Hut auf, der Mann nimmt ihn ab!

Den Diskjockey des Abends konnten sie für eine passende Marschmusik gewinnen, nach der man sich, durch die Stuhlreihen lancierend, zum Brautpaar hinbewegte.

Lachen, Klatschen, lärmender Beifall.

Anschließend gab es ein reichhaltiges Büfett.

Sekt, Wein, Likör.

Überall Menschen in Bewegung. Foxtrott, Salsa, Boogie, Quick step …, seltsame Verrenkungen.

Überall wippende Knie und zuckende Schultern – alles war in fröhlicher Bewegung.

Die Körper pulsierten im Rhythmus des Lebens.

Es wurde ein feuchtfröhlich lustiger Abend.

INA

Sie würde alles dafür geben, um in einen tiefen Schlaf abzutauchen, einen Schlaf, der die Gegenwart, die Bilder dieses Abends, der so aufregend begonnen hatte, aus ihren Gedanken vertreibt.
Seit dem Polterabend quälten sie Erinnerungen.

Sie sah das junge Paar, jünger noch als sie es damals war. Die Braut hatte sich eine rote Blüte ins Haar gesteckt.
Frische Liebe ... Sie stürzen sich in die Ehe, viel zu jung. Sie wissen noch nicht, wer sie selbst sind. Viel zu schnell verwandeln sie ihre gegenseitige Anziehungskraft in eine Ehe.
Wie in Trance war Ina mitgelaufen, am Brautpaar vorbei. Zugepflastert mit Erinnerungsfetzen an ihren eigenen Polterabend. Eine graue Nebelflut, Woge um Woge.
Albern war sie sich vorgekommen, als sie mit den anderen durch den Saal marschiert war. Ein gekünsteltes Lächeln. Den Strohhut auf dem Kopf. Die breite Krempe, auf der ein blaues Schleifenband flatterte.
Eine polternde, lachende Gästeschar ...
Es war weit nach Mitternacht, als alle feuchtfröhlich den Saal verließen.

Es schien niemand bemerkt zu haben, dass sie den ganzen Abend trübsinnig dagesessen hatte.
Zu Hause warf sie sich aufs Bett und ließ ihren Tränen freien Lauf.

Es gab nichts, weder Schatten noch Licht, keine Handlung, keine Personen, nichts als den schleppenden, monotonen Rhythmus ihres Herzschlages, der ab und zu stockte.

Damals, an ihrem Polterabend, glaubte sie zu wissen, was Glück ist.
Nicht lange, … Schwangerschaft, Kindergeschrei.
Martin hatte sich das Zusammenleben mit ihr wohl anders vorgestellt.
Die dröhnenden, schrillen Stimmen, die sie mit Martin fürs Streiten gebraucht hatte, seine durchdringenden Laute, hallten nun wieder merkwürdig an ihr Ohr.
Diese Vernichtungsgeschosse aus Worten, ein jedes mit einer eigenen Spitze.
Endlich – gegen Morgen – war sie in einen eintönigen, traumlosen Schlaf gesunken, ein Schlaf, der so erschöpfend war, wie ein Marsch durch die Wüste.

Als sie am Mittag erwachte, hörte sie in der Küche das Geschirr klappern und die fröhliche

Stimme ihrer Tochter. Es roch angenehm nach gebratenen Hackbällchen und Spaghetti.

Ihre Mutter war mit Pia gekommen, sie hatten bereits den Mittagstisch gedeckt, als Ina sich schlaftrunken im Türrahmen zeigte. Pia kam lachend mit dem Polterabend-Hut auf dem Kopf auf sie zu und sang:

»Mein Hut der hat drei Ecken, drei Ecken hat mein Hut. Und hat er nicht drei Ecken, so ist es nicht mein Hut«, sie lachte, nahm ihn ab und warf ihn der Mutter entgegen. Ina lächelte und legte den Hut auf den Küchenschrank, ging zu Tochter und Oma, nahm beide in die Arme:

»Wenn ich euch nicht hätte.«

Pia gab der Mutter einen Kuss auf die Wange:

»Ja, ja…, und die großen Kartoffeln«, sie lachte wieder lauthals, »dann müsstest du lauter kleine essen!«

Während Großmutter und Pia miteinander schnatterten, fröhliche Worte durch die Luft flogen, nahm sie wie abwesend die Gabel, grub sie in die Nudelmasse, wickelte langsam die fettigen Stränge auf, schob die Gabel in den Mund, zog sie wieder heraus, kaute einmal, zweimal, dreimal und schluckte. Diese Prozedur wiederholte sie gedankenverloren, bis der Teller leer war. Danach legte sie die Gabel beiseite und schaute zu ihrer Mutter herüber, dann zur Tochter:

»Danke fürs Essenkochen.«

Der Satz klang aus ihrem Mund, als käme er von ganz weit her. Als Ina aufstand, zum Kühlschrank ging und sich ihr Glas mit Apfelsaft füllte, war sie in die Gegenwart zurückgekehrt:

»Na, was steht bei euch heute Nachmittag auf dem Plan?«

»Wir bereiten meine Geburtstagsfeier vor.«

»Was ..., wie bitte?«

»Ja, meine Geburtstagsnachfeier bei Oma im Garten.«

Pia lachte ihr lautes Kinderlachen: »Wir laden dich natürlich dazu ein«, sprang auf und rannte nach draußen.

Pias Lachen blieb noch lange im Raum zurück.

Während die Oma den Tisch abräumte, das Geschirr spülte, schaute sie gedankenvoll aus dem Fenster.

Sie sah ein Laubblatt auf den Balkon flattern.

Ein Blatt im Wind.

Vor kurzem war sie der Wind, jetzt nur das Blatt im Wind. Fremdbestimmt.

Es schien für die Tochter in Ordnung zu sein, dass die Oma für sie da ist und alles managt.

Sie, die Mutter, ein Mond am Nachmittagshimmel. Ein Schatten im Schatten?

Ben - Ben - Schritte auf dem Korridor …
An diesem Montagmorgen lief er nicht ganz so forsch. Vielleicht geht er an meinem Zimmer vorbei? Vielleicht geht er auf einen Kaffee in die Kantine? Es ist nicht der übliche Gang, es ist auch nicht die übliche Zeit, um einen Arztbericht zu diktieren.
Die Schritte verharrten vor ihrer Tür.
Die Tür öffnete sich ungewöhnlich langsam und Professor Dr. Benedikt Wiedemann stand vor ihr wie ein kleiner Junge, der sein Weihnachtsgeschenk in den Händen hält:
»Eine elektrische Schreibmaschine habe ich für Sie auftreiben können. Ist doch super, oder?«
Sie wusste gar nicht wie sie reagieren sollte. Der Chef hatte wieder einmal sein Helfersyndrom aktiviert. Oder wollte er einfach nur diese blöden Stenogrammblöcke abschaffen?
Sollte sie sich freuen über die neue Technik?
Seine Augen schossen hinter den Brillengläsern hin und her wie Fische im Aquarium: »Hier ist eine Beschreibung dabei, wie alles funktioniert. Sie können das ganz langsam angehen.«

Ehe sie überhaupt reagieren konnte, hatte der Chef das schwere Gerät auf den Hocker neben der Tür abgestellt und war auch schon wieder verschwunden.

Seine Schritte hallten über den Flur und in ihrem Kopf noch eine Weile nach.

Sie stand auf und schaute mürrisch auf das neue Gerät, nahm die Gebrauchsanleitung und las:

Ein Elektromotor als Antrieb, der den Papierwagen zurückzieht und die Typenhebel anschlägt. Die sonst kraftanstrengende manuelle Handlung wird durch den Papierwagen erleichtert. Bei den Typenhebeln sorgt der Motor für einen gleichmäßigen Anschlag der Typen und reduziert erheblich die Belastung der Finger beim Schreiben. Der Zeichenvorrat wird, bedingt durch das eingesetzte Typenrad, auf 96 Zeichen begrenzt.

Der Schriftstil kann bei Bedarf durch Wechseln des Typenrades geändert werden, außerdem können gewisse Formatierungen (Fettschrift, Schattenschrift, Unterstrichen, Sperrschrift, Schmalschrift) beim Schreiben per Tastendruck ausgelöst werden. Mit Hilfe eines eingebauten Korrekturbandes kann die Maschine bei Schreibfehlern, unter Nutzung des Speichers, Texte auch wieder vom Papier entfernen und anschließend neu schreiben.

Nein, dachte sie, ich brauche so ein modernes Gerät nicht. Sie warf die Gebrauchsanleitung ärgerlich zur Seite, setzte sich an ihren Schreibtisch und strich behutsam, fast zärtlich über ihre alte Schreibmaschine.

Als sie an diesem Montag auf der Tastatur herumschlug, waren es für sie armselige Abschiedsbriefe.

Es war Operationstag, und ihr Chef an diesem Tag nicht mehr zu erwarten.

Er arbeitete im Operationssaal, eine Etage über ihr, in weiter, steriler Ferne, so konnte sie bedenkenlos all ihren Frust heraushämmern.

Das Klingeln des Telefons unterbrach ihre Hammerschläge.

»Hallo Ina, hier ist deine Mutter«, die Stimme klang aufgewühlt: »Pia ist heute von der Schule nicht zu mir gekommen. Laut Stundenplan müsste sie mittags Schulschluss gehabt haben. Ich habe mit dem Mittagessen vergeblich gewartet.

Oft verspätet sie sich, geht mit den Freundinnen einen Umweg über den Eisstand am Markt. Doch als sie nach einer Stunde immer noch nicht hier war, habe ich in der Schule angerufen, aber dort war nur noch der Hausmeister zu erreichen.«

Die letzten Worte klangen brüchig, kaum hörbar. Ina atmete tief ein und aus, ihr Pulsschlag pegelte sich nach oben.

Was ist das heute für ein Tag: Erst diese Unruhestiftung wegen der blöden neuen Schreibmaschine, nun die erregte Mutter mit ihrem Notruf.

»Ich versuche einmal bei Pias Freundin anzurufen. Mach dir bitte keine Sorgen, sicher ist sie dort.«

Die Nachricht hatte sie zehn Minuten vor Dienstende erreicht. Sie suchte in ihrem Notizbuch nach der Telefonnummer. Mit dem Hörer in der Hand, packte sie hektisch ihre Sachen zusammen.

Als sie mehrere Male erfolglos versucht hatte, jemanden zu erreichen, verließ sie ihr Sekretariat, lief grußlos am Pförtner vorbei ins Freie.

Ein neues Fahrrad hatte sie noch nicht – darauf würde sie wohl auch jetzt kaum steigen, mit ihrem Radfahrtrauma.

Ins Neubaugebiet, wo Pias Freundin wohnte, fuhr nur alle vierzig Minuten ein Bus. Zu Fuß brauchte Ina reichliche zehn Minuten. Sie ging schnellen Schrittes, lief fast. Nahm den kürzeren

Weg über die Kleingartenanlage. Ihre Gedanken zersplitterten in verschiedene Richtungen.

Warum hat Pia die Oma nicht angerufen? Schließlich gibt es bei der Freundin einen Telefonanschluss. Ihre Schritte strebten immer hektischer voran.

Sie versuchte sich zu beruhigen. Was soll schon geschehen sein? Sicher waren die beiden im Zimmer der Freundin in einen Schlagerlärmpegel abgetaucht und hörten weit und breit nichts.

Die Nachbarn von nebenan, so hatte Pia einmal erzählt, haben immer einen Ersatzschlüssel, wenn die Freundin ihren Schlüssel vergessen hat. Sie konnte nur hoffen, dass die Schneiders erreichbar sind, falls die Kinder das Klingeln nicht hören.

Ärgerlich, nun schon fast wütend, eilte Ina Richtung Neubaugebiet.

Sie hatte sich die Hausnummer nicht gemerkt, die Eingänge sahen alle gleich aus. So lief sie die Straße ab, schaute an jeder Tür. Von oben nach unten, von links nach rechts, alle Klingelschilder studierend. Am vierten Eingang fand sie endlich das richtige Namensschild. Nachdem sie geklingelt hatte, öffnete sich im zweiten Stock ein Fenster. Pias Freundin schaute heraus:

»Hallo, Frau Meyer. Pia ist nicht hier. Wir hatten schon mittags Schulschluss, haben uns verabschiedet, und weil der Bus schon da stand, bin ich schnell zur Haltestelle gelaufen.«

Ein kurzes Winken nach oben, Worte blieben ihr in der Brust stecken, sie ging klopfenden Herzens die Straße zurück.

Über ihr, dort wo die Hochhäuser fast aneinanderstießen, eine drohend dunkle Wolke.

Es begann zu stürmen. Ein plötzlicher Gewitterguss. Grüne Blätter wirbelten durch die Luft und wurden vom Regen auf das Pflaster geklebt. Die Zickzackspur eines Blitzes verglühte, der Donner klang, als wäre der ganze Himmel aus hartem Holz und würde von einer Axt gespalten.

Am Bushäuschen angekommen, war sie vollkommen durchnässt. Sie schaute nach dem Fahrplan, da hupte ein Auto hinter ihr. Jemand kurbelte die Autoscheibe herunter, eine Stimme rief: »Ina, was machst du denn hier?« Wer ist das? fragte sie sich einen kurzen Moment. Bis sie das Gesicht erkannte. Die Brautmutter vom Polterabend, heute ungeschminkt, ihre Haare fielen gekräuselt über die Schulter. Mit dem ihr bekannten freundlichen Blick sagte sie: »Komm, steig ein.« Silke öffnete von Innen die Beifahrertür.

Der Regen prasselte jetzt sintflutartig hernieder. Ina war dankbar und zugleich verstört.

Sie mochte sich jetzt nicht erklären. Sie stammelte Worte wie »der Bus ist nicht gekommen«, und »die Tochter wartet«. Die Worte gingen im Getrommel des Regens, der auf das Autodach fiel, unter. Der Regen machte aus der Windschutzscheibe eine Nebelwand, die Scheibenwischer rasten und ratterten.

Sie schaute aus dem Seitenfenster, sah zu, wie ihr Atem kleine Wolken auf das Glas blies. Silke schien zu spüren, dass sie nicht viel reden wollte. »Wo kann ich dich hinfahren?« Ihre Stimme wurde ganz dünn, wie ein Faden, kurz vorm zerreißen: »Mönchsgasse bitte.« Und indem sie die Altstadt ansteuerte, schimpfte Silke über das holprige Straßenpflaster, über die Löcher, die kaum noch zu umfahren sind. Redete über das Wetter und von dem jungen Paar, das seine Flitterwochen im Faltboot auf der Mecklenburger Seenplatte verbringt. Schließlich kam sie noch mal auf den Polterabend zu sprechen:

»Ihr ward super mit eurem Hutprogramm«, und dann sagte sie ganz unvermittelt: »Sag mal, Eva wirkt in letzter Zeit so nervös, findest du nicht auch?«

»Was, wie bitte?«, Ina war mit ihren Gedanken bei Pia.

Silke redete und redete:

»Na ja, vielleicht ist ihr das alles zu viel. Zwei Gruppen, Mode und Handarbeiten. Die Vorbereitungen dafür. Na, und wenn ich an die Mohnhaupt denke, die jeden Nachmittag mit der Frage kommt, was Eva als nächste Handarbeitstechnik auf dem Pogramm hat. Das ist Stress pur, Eva braucht doch auch Vorbereitungszeit. Na, zum Glück hat die Mohnhaupt sich für den Handarbeitskurs entschieden und sich aus der Modegruppe ausgeklinkt.«

Ina war froh, als sie aus dem Auto steigen und dem Geschnatter entfliehen konnte. Sie rannte durch den strömenden Regen zu ihrer Haustür.

Sie lief nach oben, in der Hoffnung, dass Pia in der Wohnung ist oder die Oma eine Zettelnachricht durch den Türschlitz geworfen hat, wie sie es tut, wenn keiner zu Hause ist.

Nichts von beidem.

Es herrschte Stille, nur der Puls hämmerte so laut in ihren Ohren, dass sie einen Augenblick dachte, aus seinem Schlag sei das Geräusch von Schritten entstanden.

Sie schaute ins Kinderzimmer.

Auch nichts.

Sie kochte sich einen Tee, trank und versuchte sich abzulenken. Sie dachte an den Tagesbeginn mit dieser neuen Schreibmaschine und dass sie Silke hätte fragen können, die kennt sich mit moderner Technik aus.

Aber was ist wichtiger: Maschine oder Kind? Blöder Gedanke. Die Stille hatte das erträgliche Maß längst überschritten, da klingelte es an der Haustür.

Sie sprang auf, öffnete das Küchenfenster, schaute nach unten. Es hatte aufgehört zu regnen.

In der Wasserlache, die sich vor der Haustür gebildet hatte, spiegelte sich ein bekanntes Profil. »Schließt du uns mal auf?«

Die Stimme gehörte zu Martin. Er hatte die Tochter und eine junge Blondine im Schlepptau. »Sorry, Mama, ich habe den Schlüssel vergessen«, Pia winkte unbeschwert, fröhlich nach oben.

»Papa hat mich von der Schule abgeholt. Wir hatten einen super tollen Tag.«

Ina hielt sich am Fenstergriff fest: Sei ruhig, dachte sie. Mach aus dem Splitter in deinem Herzen keinen Dolch.

»Papa wollte Oma Bescheid sagen, aber …«,
Pia hatte wohl ihren wütenden Blick gesehen.
Sie schloss das Fenster, das Glas im Rahmen vibrierte, hielt aber dem Schlag erstaunlich gut stand. Sie wollte nach unten laufen.

Doch dann nahm sie den Schlüssel vom Brett, ging zurück ans Küchenfenster und warf den Schlüsselbund nach unten.

Pia angelte ihn, ohne etwas zu sagen, aus der Wasserpfütze vorm Hauseingang, schloss auf.

Martin winkte kurz und war dann schnellen Schrittes mit seiner Blondine verschwunden.

Sie ließ sich auf den Küchenstuhl fallen, trank ihren Tee in einem Zug aus und als sie Pia im Korridor hörte, rief sie:

»Warum hast du Oma nicht Bescheid gesagt? Sie hat schließlich ein Telefon, außerdem gibt es an jeder Ecke eine Telefonzelle, von der man anrufen kann.«

Sie hatte sich in Rage geredet. Als die Tochter barfuss am Türrahmen lehnte, in jeder Hand einen Schuh, mit unbekümmertem Blick, wurde sie richtig wütend:

»Was denkst du dir eigentlich? Wir haben uns Sorgen gemacht.«

Da schmiss Pia die Schuhe gegen den Schuh-schrank, rannte in ihr Zimmer und knallte die Tür zu.

Beginnt mit zehn Jahren die Pubertät?, dachte Ina und strich angestrengt über die karierte Tischde-cke, als könne sie damit ihren inneren Aufruhr glätten.

Als sie in dieser Nacht endlich in den Schlaf fand, sieht sie im Traum die offenstehende Tür zum Sekretariat und an ihrem Schreibtisch sitzt Mar-tin. Auf dem Schoß eine junge Blondine im Mini-rock. Mit überdimensional langen, rot lackierten Fingernägeln tippt sie auf der neuen Schreibma-schine herum. Martin grinst ihr spöttisch entge-gen: Dein Platz ist leider besetzt.

Ein kurzes Erwachen und immer wieder derselbe Traumsplitter.

SILKE

Das Autofahren ist nicht so *ihr Ding*. Günter weiß das, trotzdem hatte er ihr heute das Auto überlassen. Eine Weiterbildung in der benachbarten Kreisstadt. Die Kollegin, die man als Fahrerin eingeplant hatte, war plötzlich erkrankt.

Sie fuhr langsam, ließ die Tachometernadel außerhalb der Ortschaften nur zwischen fünfzig und sechzig pendeln. Beim Linksabbiegen klickte der Blinker wie ein Metronom, Hände und Gedanken zitterten, sie spürte wie sich Schweiß in ihren Achselhöhlen sammelte.

Doch am späten Nachmittag, als sie auch die letzte Kollegin nach der Veranstaltung sicher in ihrem Wohnviertel abgesetzt hatte, dachte sie, Autofahren kann sogar Spaß machen.

Dieser Gedanke schlug augenblicklich um, als der Himmel sich mit dunklen Wolken überzog und plötzlich ein Gewitterguss den Blick vernebelte.

Die Scheibenwischer tanzten vor ihr hektisch auf und ab, und die gerade noch gefühlte Begeisterung fürs Autofahren war verpufft. Blitz und Donner ängstigten. Das Neubaugebiet bestand aus vielen Einbahnstraßen. Sie musste sich langsam, fast im Schritttempo durch das Häusermeer lancieren, bis sie dann endlich auf der Hauptstraße landete.

An der Bushaltestelle eine dunkle Gestalt ohne Schirm. Beim Näherkommen erkannte sie Ina Meyer, die Neue aus Evas Kreativgruppe.
Sie winkte ihr: »Kann ich dich irgendwo hinfahren? Komm, steig ein.«

Sie war froh, eine Beifahrerin im Wagen zu haben. Das Donnergrollen, das regennasse Pflaster, die Sorge ins Rutschen zu kommen.

Sie schleuderte Worte gegen die Windschutzscheibe, um ihre Angst zu bezwingen.
Worte, Sätze deren Inhalt sie kaum selbst erfasste.
Das Reden nahm ihr die Anspannung.
Enge Straßen. Schlaglöcher im Asphalt.
Was hatte sie sich da eingehandelt?
Dein Helfersyndrom, würde Günter sagen.
Sie war noch nie mit dem Auto in der Altstadt unterwegs gewesen. Plötzlich dann eine Sackgasse. »Hier bist du falsch, die nächste links«, sagte Ina, aber der prasselnde Regen aufs Autodach hatte die Worte verschluckt. Zu spät. Sie musste den Rückwärtsgang einschalten. Zurück. Puh, das klang einfacher, als es war. Zurück gehörte zu den schwierigsten Manövern ihres Lebens. Ihre

Fähigkeiten diesbezüglich waren unterentwickelt. Der Motor kreischte auf.

»Ich steige hier aus. Es ist nicht mehr weit zur Wohnung«, rief Ina. »Das letzte Stück schaffe ich schirmlos.«

Der Motor heulte kurz, dann war er erstickt. Sie schlug ihren Kopf auf das Lenkrad. Sie holte tief Luft, ließ ihre Hand die nötige Bewegung machen, eine kleine Drehung nach links. Ein kurzes Stottern. Aus. Den Schlüssel drehen, starten, einfach losfahren. Sie wusste doch, wie es ging.

Blöder Tag. Blödes Wetter, schimpfte sie. Als habe der Wettergott ihre Worte gehört, ihre Not gespürt …, der Regen ließ nach, freie Sicht im Rückspiegel.

Langsam ließ sie den Motor kommen.

Es ging doch. Sie holperte im Schritttempo durch die Gassen nach Hause.

Bremse, Kupplung, Leerlauf. Endlich Stillstand. Erleichtert atmete sie auf, sie war angekommen.

Durch die Autoscheibe sah sie die scharf umrandete Silhouette einer Frauengestalt.

Sie stieg aus, hörte das Echo ihres Namens, sah Haare flatternd im Wind, Absatzschuhe klapperten auf sie zu. Rotlackierte Fingernägel winkten. Freundin Katrin rief: »Hey, wo bleibst du denn. Eva hat uns heute ins Kulturhaus eingeladen, schon vergessen?«

»Oh Gott, daran habe ich überhaupt nicht mehr gedacht.« Sie knallte die Autotür zu.

»Wo bist du denn heute herumgetuckert? Dein Günter läuft ganz nervös oben in der Wohnung hin und her, er meint, du müsstest längst zu Hause sein. Ich glaube, er denkt, du hattest einen Unfall.«

»Wir hatten heute eine Weiterbildung. Es war ein richtig guter Tag, der nun so blöd enden musste.«

Als die Freundin erschrocken guckte, winkte sie ab: »Nein, nein ..., kein Unfall. Das Unwetter, der wolkenbruchartige Platzregen ...«

Katrin schaute auf ihre Armbanduhr: »Nun aber schnell ins Haus zu Kleiderschrank und Spiegel.«

»Wie viel Zeit haben wir denn noch?«

»Na ja ..., ich wollte eigentlich vorher mit dir gemütlich einen Kaffee trinken und ein bisschen schwatzen, aber das ist ja nun wohl zu spät.«

Sie rannten die Treppen hoch. In der Wohnung empfing sie die aufgeregt polternde Stimme von Günter. Silke winkte kurz: »Nichts passiert, alles okay«, und rannte mit Katrin ins Schlafzimmer zum Kleiderschrank. »Was ziehe ich an?« Katrin zeigte auf das blaue Kleid.

Bei Schuhen gab es nicht viel Auswahl, die waren schnell gewählt.

»Wer kommt denn alles? Viel Prominenz?«, fragte Silke, während sie ihre Ohrclips befestigte – zwei in Silber gefasste Diamanten. Katrin zuckte mit den Schultern: »Lassen wir uns überraschen.«

Auf dem Weg zum Kulturhaus erzählte Silke von ihrer Abenteuertour.

»Stell dir vor, ich bin bei dem Gewitterguss mit dem Auto durch die Gassen der Altstadt getuckert. Heiß und kalt ist es mir dabei geworden. Günter darf ich das gar nicht erzählen.«

»Was wolltest du in der Altstadt?«

»Ich habe Ina Meyer nach Hause gefahren. Sie stand ohne Schirm im Gewitterregen an der Bushaltestelle beim Neubaugebiet, obwohl ja um die Zeit gar kein Bus fährt.«

Sie blieb abrupt stehen: »Sag mal, hat Ina Meyer keine Einladung von Eva bekommen?«

»Na ja, vielleicht …, es könnte sein. Sie war ja erst zweimal mit dabei. Vielleicht will sie gar nicht. Ina wirkte so gehemmt und schüchtern. Ina ist am

Polterabend bei eurer Hutmodenschau am vorteilhaftesten gelaufen, hat sich bewegt wie ein richtiges Mannequin.«

Im Kulturhaus lautes Stimmengewirr.

Der Kulturhausleiter, die Kulturverantwortliche vom Kreiskabinett und ein Herr vom Bezirkskabinett für Kulturarbeit ..., viele fremde Gestalten. Die beiden schlichen sich in eines der hinteren Sitzreihen. Eva sahen sie etwas seitlich in der ersten Reihe, neben dem Leiter des Kulturhauses.

In der zweiten Reihe entdeckten sie Helene, Claudia und die anderen Frauen aus Mode- und Textilgruppe.

Als der Bürgermeister nach vorn schritt – man hatte für ihn eine Bühne mit Rednerpult aufgebaut. –, wurde es still. Eine kurze Begrüßung der Gäste, dann folgten Worte, die jeder kannte, kaum jemand hören wollte.

Worte, die gesagt werden mussten, in der Menge abperlten wie Regentropfen an einer Wachsfigur. »Sozialismus«, »Arbeiterklasse«, »Kultur, als wichtiger Faktor für die Werktätigen des Landes...«

Eine kurze Pause. Eva winkte von ihrem Platz aus. Sie hielt einen Entwurf für den Ablaufplan ihrer wöchentlichen Textilkurse in den Händen.

Als sie das Einverständnis aller Kursteilneh-
mer hatte und deren Unterschriften, setzte man
sich wieder und der Kulturhausleiter trat ans Pult.
Man hatte das Gefühl, dass er, entgegen der vor-
angegangenen Rede, etwas zu sagen hatte.
Eine kurze aussagekräftige Ansprache.

Er sprach über Aufgaben und Verantwortung,
die Wichtigkeit der Kultur für die Stadt. Worte,
die Freiräume öffneten:
»Wir bieten hier im kulturellen Zentrum unseres
Hauses eine kreative Freizeitbeschäftigung an,
Textilgestaltung, Schreibkurse, Malerei.«
Eine kurze Atempause: »All diese Angebote er-
möglichen unseren Werktätigen, Abstand vom
anstrengenden Arbeitsalltag zu finden.«
Nach seiner Rede wurde ihm vom Bürgermeister
die Medaille für hervorragende Leistungen in
Kultur und Bildung überreicht.
Am anschließenden Büfett gruppierten sich Vielredner, Nichtssager, Selbstdarsteller um den langen Tisch. Die, die für wichtige Entscheidungen
zuständig waren, standen etwas abseits, aßen und
schwiegen. Silke sah Eva auf letztere zustreben.
Sie schien leicht nervös, tastete sich langsam zu
den entscheidenden Gremien hindurch. Ihr Vor-
haben, wöchentlich zwei Kurse abzuhalten, benö-

tigte Taktgefühl gegenüber den Verantwortlichen. Silke stellte sich möglichst unbemerkt hinter Eva. Rückenhalt, dachte sie, passendes Wort zur Situation. Sie hörte die Leiterin des Kreiskabinett:

»Mode? Nun ja, nicht schlecht. Ein Spiegel von Zeit und Gesellschaft.« Einer der Vielredner gesellte sich hinzu und deklarierte: »Meine Vorstellung wäre, Modegestaltung so aufzubauen, dass wir individuellen Lebensbedürfnissen entsprechend, differenzierte Umfelder schaffen, jenseits von primitiver Standardisierung. Wir sollten uns den Luxus leisten, weniger Wechsel zu organisieren und mehr in die Tiefe zu gehen, das könnten Beiträge des Sozialismus zur Weltmode sein.«

Der Kulturhausleiter schaute beschämt zu Boden, als der Vielredner weiterredete: »Die Frauen in unserem sozialistischen Land haben eine gemeinsame politische Position gefunden, fühlen sich als berufstätige Frauen im Weltmaßstab als Gleichberechtigte bestätigt …«, er merkte gar nicht, dass niemand ihm zuhörte.

Als Eva mit dem Kulturhausleiter etwas im Abseits stand, meinte dieser:

»Sie wollen also Kleider nähen? Ich gratuliere Ihnen zu Ihrem Mut und Elan. Und vielleicht gibt es dann auch einmal eine Modenschau?«

EVA und ihre MODENSCHAU

Es ist wie im Theater, der Regisseur kümmert sich um das Spiel und die Schauspieler, der Dramaturg um den Text. Und wenn es gut läuft, entwickeln die beiden zusammen für die Produktion ein Konzept, das sie im gegenseitigen Austausch überwachen und anpassen, um zum bestmöglichen Ergebnis zu kommen. Der Regisseur bleibt natürlich bei Weitem der Wichtigste.

Eva ist Regisseur und Dramaturg in einem, die Bühne ein Laufsteg, die Eingangshalle des Kulturhauses der Theatersaal. Zu beiden Seiten der Halle stehen Stühle für die geladenen Gäste.

Im Nebenraum steht sie, sucht nach Worten, probiert Sätze, einen nach dem anderen, streicht nervös die Haare aus dem Gesicht, schüttelt den Kopf, lässt ihn hängen, reibt die Hände aneinander. Als die Tür sich öffnet, läuft sie aufrecht an den Stuhlreihen vorbei zum Treppenaufgang.

Von dort aus spricht sie:

Unsere Modelle sind selbstgenäht und künstlerisch gestaltet. Wir zeigen in einer kleinen Modepräsentation unsere ersten Ergebnisse …

Sie schaltet den Kassettenrekorder ein.

Barockmusik, Bach, Vivaldi …

Ein Schock.

Falsche Kassette.

Kassette raus, Kassette rein.

Schlagermusik.

Die Tür öffnet sich.

Klackernde Schritte hallen durch den Raum wie in einem Ballsaal.

Der Steinfußboden vibriert.

Claudia, Silke, Helene, Katrin und Margrit kommen gelaufen. Dicht hintereinander.

Blusen. Stickereien am Dekolleté.

Aufdringlich bunt. Die Ärmel zu lang, zu groß, zu puffig. Silke stolpert, bleibt an einem Stuhlbein hängen, liegt am Boden, rappelt sich hoch.

Das Klackern der Schuhe übertönt die Musik. Sie steht da, schaut auf die Gruppe.

Sie stößt kurze, harte Laute aus.

In ihr herrscht ein Überdruck, der panisch nach einem Ventil sucht.

Verkrampft laufen schattenhafte Gestalten. Bei jeder Drehung stoßen sie aneinander.

Stolpern. Treten schließlich in unsicherer Haltung den Rückzug an. Die hohen Absätze pressen sich in den Boden. Die Luft wird dünn. Eva atmet stoßweise, in dem Versuch, das aufsteigende Unbehagen zu verscheuchen. Zweiter Akt. Über ei-

nem verblichenen Nicki, bunte Westen im Strick-
look. Sie hängen schief über den Schultern.

Die Gestalten wanken wie betrunken zum Aus-
gang. Die Tür fällt krachend zu. Ein Knopfdruck,
die Musik ist aus. Im Publikum bleierne Stille, ein
Nebel zwischen Berggipfeln.

Sie will noch etwas sagen, doch da kommt nichts
heraus aus ihrer Kehle. Sie läuft wie mit fremden
Füßen den Gang entlang, den Blick auf die Ziel-
grade. Stolpert in den Umkleideraum, stößt mit
dem Kopf gegen den Kleiderständer. Stürzt zu
Boden.

»Was ist …, hast du schlecht geträumt?«

Sie schreckt auf aus dem würgenden Traum.

Michael ist plötzlich dicht neben ihr, stupst sie an,
haucht einen Kuss auf ihre Wange.

Sie spürt, wie ihr Körper sich langsam entspannt,
Wärme durch ihre Glieder fließt, der Kuss sie in
die Wirklichkeit zurückbringt. »Ich habe den Vertrag schon unterschrieben. Ich muss ihn rückgän-
gig machen, muss alles stoppen, ich muss …, so
geht das nicht …« Sie kommt ins Stottern.

»Du hast schlecht geträumt. Vergiss es, denk an
etwas Schönes. An unseren nächsten Urlaub, an
Sonne und Meer zum Beispiel.« Sie rollt sich zusammen, die Knie am Körper, das Gesicht in Mi-

chaels Armen fällt sie endlich in einen traumlosen Schlaf.

Der Tag hat die Nacht verdrängt. Das Bett neben ihr ist leer. Sie mag noch nicht aufstehen, zieht die Bettdecke über den Kopf, fühlt sich kraftlos, ausgehöhlt, von außen und von innen.

Der Traum der Nacht. Ihre Selbstzweifel. Sie lässt die Gedanken schweifen… Alles abblasen?

Michael hat Recht. Entspannen, Urlaub, Sonne, Meer.

Blutrote Morgendämmerung. Es verspricht, ein warmer spätsommerlicher Tag zu werden.

Sie hüllt sich in ihren Bademantel und geht dem Kaffeeduft nach. Michael hat auf der Terrasse den Frühstückstisch gedeckt. Es ist Sonntag, sein freies Wochenende. Die Töchter schlafen noch.

Nachdem er ihr Kaffee eingegossen hat, ein frisch aufgebackenes Brötchen auf den Teller gelegt, schaut er fragend:

»Was war das mit dem Traum heute Nacht? Du hast bedenklich laut gestöhnt und mit den Fäusten aufs Kopfkissen geschlagen.« Sie trinkt einen ersten Schluck Kaffee: »Danke fürs Frühstück.« Dann schließt sie kurz die Augen.

Bilderfetzen des Traumes sind noch in ihr.

»Albträume können auch etwas Gutes haben. Ich habe begriffen, dass diese meine Idee unsere selbstgeschneiderten Kleider vor Publikum zu präsentieren Quatsch ist.« Sie holt tief Luft.

»Wir sind doch keine Mannequins. Das mit einer Modenschau geht gar nicht, verstehst du?«

Sie sieht Michael an, er streicht über ihren Kopf, verwuschelt das Haar, was wahrscheinlich bedeutet, dass er ihr gern den Kopf gewaschen hätte. Er kaut an seinem Brötchen, schaut in die Ferne und tut so, als wäre sie gar nicht anwesend. Sie versucht aufzuheitern:

»Hast du nie düstere Träume? Von deinen Patienten, von abgeschnippelten Gliedmaßen, von humpelnden Alten in weißen Hemden, die dich in den Nachtdiensten in ein Gruselkabinett entführen?«

»Ein Chirurg erlebt gruslige Sachen live. Nachts schläft man.«

»Und schnarcht«, fügt sie scherzend hinzu.

Michael lacht, dann wird er wieder ernst:

»Du hast Albträume wegen so einer banalen Sache? Wenn du irgendwo gescheitert bist, hast du immer etwas Neues angefangen. Ich habe es bisher toleriert«, und sein Ton klingt nach Oberlehrer: »Aber jetzt bitte nicht schon wieder aufgeben!

Du schichtest immer Glück auf Unglück und Unglück auf Glück.

Zieh deinen Plan einfach durch. Okay?«

Ihren Michael getroffen zu haben, bleibt das eigentliche Wunder. Nie hätte sie sich vorstellen können so viele Jahre mit ein und demselben Mann zu verbringen, auch wenn er manchmal haarsträubend eitel, lebenstechnisch ungeschickt, übertrieben fürsorglich ist.

Natürlich gibt es die obligatorischen Beziehungs-alltagsprobleme, wenn in der ganzen Wohnung seine Zeitungen, Fachliteratur, Kugelschreiber herumliegen, oder er meine Scheren und Nadel-kissen im Sofa findet.

Sein sanfter Blick gibt ihr den Mut, sich zu erklären: »Modenschau …, ich habe mir das alles so schön ausgedacht. Selbstgeschneiderte Kleider, Musik aus dem Kofferradio, ein schmaler Gang, der als Laufsteg dient …, tja, das Publikum habe ich bei meinen Gedankengängen irgendwie nicht eingeplant. Stell dir einmal vor, du sitzt im Publi-kum und musst dir eine reichliche halbe Stunde die Klamotten angucken. Wie die Frauen – die keine Mannequins sind –, in hohen Absatzschuhen dilettantisch in ihren selbstgeschneiderten Modellen herumstolzieren.«

Sie schaut zu Michael, der sich seine obligatorische dritte Tasse Kaffee eingießt:

»Wenn du bitte etwas langsamer reden könntest und nicht immer mit Ausrufungszeichen. Es gibt doch auch Gedankenstriche und Fragezeichen.«

Sie holt tief Luft und versucht ihre Wortketten bedächtig aneinanderzureihen.

Sie schlägt sich mit der Hand an die Stirn:

»Das geht einfach nicht, das hat mir der Traum heute klargemacht. Ein Klartraum, verstehst du?«

Inzwischen scheint die Sonne schräg durch die Baumkronen, das Licht bricht sich in den Zweigen, zeichnet leuchtend weiße Streifen auf den Terrassenboden.

Michael sieht sie nachdenklich an. »Es ändert nichts, wenn du über deine Träume sprichst. Es ist wie mit dem Regen. Es ändert nichts, wenn man sagt: Es regnet. Tja, wenn es dir nicht gefällt, wenn es regnet, musst du dorthin ziehen, wo die Sonne scheint.« Er schiebt sich seinen Stuhl ins Sonnenlicht. »Bis jetzt warst du immer in der Lage, ohne groß nachzudenken, deinen Weg zu finden, du wirst nicht heute mit dem Nachdenken anfangen?« Er räuspert sich: »Übrigens, weißt du, dass Klarträume positive Gefühle in uns erwecken? In dieser Schlafphase träumen wir besonders intensiv. Das Nervensystem läuft auf Hochtouren, während unsere Muskeln erschlaffen. Luzide Träume können jedoch auch aus dem Wachzustand heraus auftreten.

Die moderne Traumforschung hat untersucht, was beim Klarträumen in uns vorgeht. Was passiert im Gehirn, wenn wir im Traum wissen, dass wir träumen und ihn bewusst steuern?

Neben der Erforschung der physiologischen Vorgänge stellt sich auch die Frage, wie Klarträume auf unsere Psyche wirken.

Wer luzid träumt, greift schließlich aktiv in den natürlichen Schlafprozess ein. Also, luzides Träumen bedeutet, Kontrolle über das eigentlich Unkontrollierbare zu haben.

Wer von Albträumen geplagt wird, kann seine nächtlichen *Ungeheuer* durch Klarträume aktiv bezwingen. Anstatt ihnen hilflos ausgeliefert zu sein, spinnt man die Handlung einfach zum Happy End weiter. Wäre doch möglich, oder?

Ich war nicht besonders gut im Fach Psychologie, aber das habe ich mir gemerkt.«

Er lächelt: »Also merke es dir: Mach in Zukunft ein Happy End daraus."

Er nimmt sich die Zeitung, und ist augenblicklich abgetaucht.

Sie steht auf und geht ins Badezimmer.

Ein vielstimmiges Wispern, Sausen und Rascheln hängt in der Luft, als sie wieder auf die Terrasse kommt.

Am Kirschbaum pendeln die bunten Suralin-herzen an Schnüren, fangen Licht und Wind. Herzen, die die Kinder in der Schule aus bunter Modelliermasse ausgestochen und hier aufge-hängt haben: *Ein Schmuck für unseren Baum, damit er viele Kirschen trägt.*

Inzwischen sitzt Tochter Tina am Frühstücks-tisch und streicht sich Marmelade auf ihr Bröt-chen. »Na ausgeschlafen?«

Eva streift begrüßend über Tinas Schulter.

Diese reagiert genervt:

»Oh nee, das hat Papa auch gerade gefragt, sonst würde ich doch wohl nicht hier sitzen, oder?«

Nach einer Weile faselt die Tochter mit vollem Mund etwas von einem Ballettunterricht, der am Montagnachmittag beginnt.

Sie redet von einem Anmeldeformular auf dem Küchentisch, von einer Unterschrift der Eltern.

Eva schaut zu Michael.

Michael lässt die Zeitung auf den Boden fallen:
»Ballett? Wie kommst du darauf? Hat Mama dir
das erlaubt?«
Michaels sonntägliche Ruhe ist dahin:
»Modenschau ..., Ballett ...! Wo bin ich denn hier
hingeraten.«
Die Zeitung flattert über die Brüstung in den
Garten, er erhebt sich:
»Ich geh mal eine Runde joggen.«

Modenschau, Ballett – zwei Worte,
die an jenem Sonntag die Familienatmosphäre
trüben und in Evas Gedanken herumkreisen.

HELENE

Sie rührte im Suppentopf und sah ihn nicht an. Es würde wieder ein spätes Abendessen werden – ein Mitternachtsmahl. Die Werkstatt. Die Spiegelreflexkameras. Die Uhren. Die steigenden Einnahmen.
Sie hatte langsam das Gefühl, ihrem Uwe war der Laden wichtiger als seine Ehefrau.
Er küsste ihren Nacken, vermutlich aus Pflichtgefühl, weil er meinte, irgendetwas tun zu müssen.

Sie spürte einen Krampf in der Magengegend, vielleicht weil sie seit Mittag nichts gegessen hatte, dachte sie, bevor sie den Löffel hinwarf und gerade noch rechtzeitig ins Bad stürzte.

Uwe kam hinterher, legte seine Hand auf ihre Schulter: »Du bist schwanger?«, wohl mehr eine Feststellung, als eine Frage.

Sie kniete am Boden über der Kloschüssel.
»Sie haben richtig geraten, Herr Uhrmachermeister«, erhob sich und streifte mit dem Waschlappen über ihr Gesicht. Er stotterte: »Sag mal, jetzt noch? In deinem Alter? Ob das denn gut geht?«
Und verließ ohne weiteren Kommentar das Bade-

zimmer. Sie hörte ihn am Küchenschrank hantieren – vermutlich brauchte er jetzt einen Wodka.

Nachdem sie beide schweigend am Küchentisch sitzend ihre Suppe gelöffelt hatten, schloss Helene für einen kurzen Moment die Augen.

Sie spürte seine Verwirrung. Er hatte mit dem Kinderwunsch abgeschlossen. Sich vielleicht deshalb in die Arbeit gestürzt?

Mit einem Gefühl, für das sie keinen Namen fand, stand sie auf, holte die Musikkassette des Liedermachers Gerhard Schöne hervor, suchte im Verzeichnis das Lied von dem kleinen Jungen. Vielleicht ein Mutmacher? Sie legte die Kassette in den Rekorder. Die Tenorstimme, begleitet von Gitarrenklängen ertönte:

Unser kleiner Christian
Kriegt heut den ersten Zahn.
Christian kann beißen
Semmeln zerreißen.
So eine Freude gab`s lange nicht hier.
Mama die strahlte,
und Papa prahlte:
„Man kann schon sehen, er kommt ganz nach mir!"

Gerhard Schöne sang noch seine Lieder, als sie Zähne putzend über dem Waschbecken hing und erneut mit der Übelkeit kämpfte.

Die Augen geschlossen, blinkten weiße Punkte wie kleine Lichter in einem Tunnel in ihrem Kopf.

Aus der Küche hörte sie ihren Uwe pfeifend, Gerhard Schönes Lieder begleiten.

Am anderen Morgen, vor Ladenöffnung, fuhr sie zu Eva. Die Freundin hatte angerufen, mit der Bitte, doch einmal kurz vorbeizukommen.

Das war merkwürdig. Noch nie hatte Eva sie gebraucht oder auf irgendeine Art zugegeben, dass sie überhaupt Hilfe brauchen könnte.

Vielleicht lag es daran, dass Eva von Problemen nichts hielt, sie akzeptierte sie einfach nicht. Sie akzeptierte sie in einem Maße nicht, dass sie ihre eigenen nicht einmal wahrnahm. Nun also diese ungewöhnliche Bitte, die wie ein Hilferuf klang.

So fuhr sie mit dem Fahrrad, den kürzesten Weg an der Spree entlang.

Als Michael ihr die Haustür öffnete, stürzte sie eiligst in Evas Zimmer. »Hey Eva, was ist denn so dringend? Du weißt, in einer halben Stunde muss ich den Laden öffnen.«

Eva saß am Schreibtisch, den Kopf auf ihren verschränkten Armen, das wirre Haar auf dem Skizzenblock. Als sie aufschaute, lehnte sie sich im Stuhl zurück. Mit einem Flackern in den Augen begann Eva ihr Anliegen wie einen Gedankenfächer vor ihr auszubreiten.

»Ich benötige deinen Rat. Bevor wir uns heute Nachmittag im Kulturhaus treffen, brauche ich Klarheit.«

»Na, schieß los.« Helene setzte sich in den Sessel ans Fenster, ein Luftzug hob die Vorhänge, ein Lichtschein fiel ins Zimmer. Sie atmete tief ein und aus, war in Gedanken schon bei ihrem Tagesablauf, als sie sich Evas Albtraum anhören musste. »Das heißt«, sagte sie, »es war eher ein Klartraum. Ich konnte den Inhalt des Traumes beeinflussen.«

Sie erzählte von tölpischen Mannequins, von schlecht sitzenden Kleidungsstücken, von Musik, die laut dröhnend in ihren Ohren hämmerte, von einem verärgerten Publikum, einer Show, die am Ende ausgepfiffen wurde.

»Und ich als Moderatorin habe völlig versagt.«

»Aber das war doch nur ein Traum.«

Eva betonte noch einmal: »Es war ein Klartraum, Lena! Weißt du was das ist? Man träumt und es ist doch pure Realität dabei.« (Sie musste an Michaels Psychologieerläuterungen denken.)

»Und was willst du nun von mir hören?«

»Na ja, meine Frage ist: Was machen wir? Du weißt, alles hinschmeißen, geht nicht. Michael hat mich mit Recht ermahnt, dass ich nicht immer und ständig etwas Neues anfangen kann.

Ich habe euch mit der Modepräsentation – wie sagt man so schön: Einen Floh ins Ohr gesetzt. Nun dieser nächtliche Traum … Ich brauche deinen Rat. Ich vertraue dir mehr als mir selbst. Das ist die Basis unserer Freundschaft. Ich denke, dass wir aneinander glauben, wenn einem die Kraft für etwas abhanden gekommen ist. Oder?«

Helene saß auf der Sesselkante, trommelte mit ihren Fingern auf der Lehne herum, und überlegte, ob sie vom Thema abschweifen solle? Vielleicht würde sich Eva mit ihr freuen über die gute Nachricht, dass sie endlich schwanger ist? Sie könnte von Uwe erzählen, wie er in der Küche einen Freudentanz inszeniert hatte …

Doch Eva war zu sehr mit sich und ihrem Thema beschäftigt. Sie erzählte, von ihrer Tochter, dem Kinderballett, dem Tanzunterricht.

»Ich bin am Montag mit ihr in die Musikschule gegangen, um zu sehen, wie das so läuft. Da ist mir erschreckend bewusst geworden, dass für eine Modenschau auch Bewegung nach Musik einstudiert werden muss. Es erfordert halt mehr, als nur mal so ein Kleid nähen. Der Kulturhausleiter wünscht sich ein Programm von uns zur Weihnachtsfeier. Ich wollte zunächst dich um deine Meinung fragen.«

Helene war gar nicht so richtig bei der Sache …, sah sich plötzlich mit voluminösem Bauch durch den Saal wackeln, als Eva weiterredete:

»Was ich dir noch nicht gesagt habe, ich habe bereits mein Okay gegeben für eine Modenschau. Uns bleibt nicht mehr viel Zeit.«

Jetzt war Helene wütend:

»Warum schließt du einen Vertrag ab, ohne uns zu fragen?«, stand hastig auf: »Ich muss los«, lief aus der Wohnung, radelte zu ihren Wanduhren, die ihr heute willkommenen Lärm machten.

Dem Schmuck, der verführerisch funkelte. Den Armbänder, die unter dem Glas zu ihr heraufschauten.

Zu dem wohligen Gefühl, wenn sie die Handkurbel drehen konnte und die Registrierkasse klingelte.

INA

Als der Chef eines Tages die alte Schreibmaschine abholte, sie vor der neuen Technik saß, kam sie sich vor, wie ein Schiff, das ohne Kurs durch die Dunkelheit steuern muss.

Der Chef sah wohl ihren unglücklichen Blick und schaute sie an, als wäre sie etwas, das er kaufen konnte. Seine rechte Hand lag schwer auf ihrer Schulter. Als sie mit einer ruckartigen Bewegung die Hand abschüttelte, zuckte er zusammen, stand auf und sagte:

»Ich schicke Ihnen den Pfleger von Station 3A vorbei, der kennt sich mit elektrischen Schreibmaschinen gut aus.«

Irgendwann kam Pfleger Arno.

Blondes struppiges Haar, blaue Augen von Schatten untermalt, Schatten der Müdigkeit, der Erschöpfung. Er war etwas schüchtern, hatte eine leise, sanfte Stimme mit der er ihr die neue Technik erklärte: »Die Druckgeschwindigkeit beträgt elf Zeichen pro Sekunde, es gibt einen Korrekturspeicher, einen Tabulator ...«

Sie hörte angestrengt zu, probierte, kam sich vor wie eine Schulanfängerin in der ersten Mathematikstunde.

Wenn sie die falsche Taste erwischt hatte, ratterte das Typenrad geräuschvoll davon.

Arno blieb ruhig, holte den Chefstuhl aus der Fensterecke heran, damit sie darauf Platz nahm, und setzte sich an die neue Schreibmaschine, um ihr einen Probelauf zu demonstrieren.

In Windeseile hatte er eine Seite beschrieben, schaute auf seine Armbanduhr, stand hektisch auf. »Ich muss los. Wenn Sie noch mal Hilfe brauchen, Sie wissen ja, wo Sie mich finden können. Morgen habe ich Frühdienst«,
und war schnellen Schrittes verschwunden.

Sie saß vor dem Gerät, studierte noch einmal die Anleitung.

Als sie an jenem Tag ihre Sachen zusammengepackt hatte, um nach Hause zu gehen, schaute sie wie nebenbei auf das von Arno beschriebene Blatt Papier: *Arztsekretärin und die neue Technik.*

Im unteren Teil las sie zwischen mehreren Buchstabenfolgen und verschiedenen Schriftzeichen, zwei zusammenhängende Sätze:

Dein Haar und deine Augen glänzen wie Sterne am Abendhimmel. Glücksgefühle sind nicht nur eine Ansammlung von Buchstaben.

Diese Sätze wärmten von innen. Jetzt konnte sie nicht sofort nach Hause gehen.

Sie blieb vor der Schreibmaschine sitzen, las die vom Pfleger Arno geschriebenen Sätze.

Einmal, zweimal. Immer wieder.

Studierte mehrere Male noch die Gebrauchsanweisung, vergaß alles um sich herum.

Dunkelheit. Der Mond am Fenster.

Es wehten die Kittel, es hasteten die Schritte über den Flur. Das Getrippel wurde dünner, die weiße Flut versiegte. Feierabend.

Sie schaute auf die Uhr, faltete sorgsam das von Arno beschriebene Blatt zusammen, steckte es in ihre Handtasche, ordnete den Schreibtisch und verließ den Raum.

Der Pförtner saß noch an der Rezeption und winkte ihr zu.

Draußen war der Himmel voller Sterne.

Bilder, die manchmal ihren Schlaf streiften: Ein Mann, der kein Gesicht hatte, eine sanfte Stimme nur, die sich über sie beugte: Kann ich dir behilflich sein?

Manche Träume kleben sich an der Innenseite im Kopf fest, dachte sie.

Sie hatte unerwartet schnell begriffen, wie die neue Schreibmaschine funktioniert.

Aber ihr Chef schien gedanklich abwesend und noch im Vergangenen, als er am nächsten Tag ihr

Zimmer betrat, Stenoblock und Stift hinhielt, um sein Diktat loszuwerden.

Er hatte schlechte Laune. Im Operationssaal war etwas schief gegangen, munkelte man.

Seine Hand lag auf der Patientenakte. Er diktierte mürrisch. Schnell und kontaktlos verließ er dann den Raum. Die Ben-Ben-Schritte hallten durch den Korridor und sie atmete befreit auf.

Sie öffnete das Fenster, um den Chefgeruch loszuwerden, atmete tief durch.

Dann setzte sie sich wieder, schaute auf das Stenografierte, dann auf die funkelnde Tastatur.

Sie sah die Finger von Arno über die Tasten streifen und fragte sich, ob sie ihn noch einmal bitten solle, ihr die Technik zu erklären?

Einfach nur so, um ihm unangestrengt zuzuschauen. Aber: *Schwer von Begriff,* wird er denken. Nein, das wäre dumm von ihr.

Sie drehte ein unbeschriebenes Blatt Papier in die Maschine: Glücksgefühle sind nicht nur eine Ansammlung von Buchstaben.

Sie tippte den Satz einmal, zweimal, dreimal …, mehrere Male hintereinander.

Es klopfte an ihrer Tür, sie zuckte zusammen: Pfleger Arno. In dem kleinen Raum konnte man nichts verbergen. Von der Tür zu ihrem Arbeitsplatz waren es reichlich zwei Meter.

Arno stand vor ihr und hatte die geschriebenen Sätze sofort gelesen.

Er lächelte. »Ah, Sie üben fleißig. Alles okay? Na, dann brauchen Sie mich ja wohl nicht mehr.« Er wollte sich schon wieder abwenden.

»Moment einmal, Sie haben mir sehr geholfen. Kann ich Ihnen in der Mittagspause einen Kaffee spendieren?«

Sie mochte vieles an ihm. Sie mochte es, dass er mehr wusste als sie, dass seine Arme groß und stark waren, er sie »meine Lady« nannte.

Als sie am Kino auf ihn wartete, spiegelte sie sich in der Glasscheibe der Eingangstür:

Der hellbraune Sommermantel passt gut zu meinem Haar, zur Umhängetasche und den ge-schminkten Lippen.

Sie ging aufgeregt vor dem Eingang hin und her.

Vielleicht leuchten meine Lippen wie die Buch-staben auf dem Werbeplakat, das den neuen Film ankündigt?

Arno ließ auf sich warten.

Mistwetter, dachte sie, als sie die kalten Zehen in ihren dünnen Sommerschuhen spürte. Es wird Herbst.

»Entschuldige bitte, ich bin spät dran«, hörte sie es in ihrem Rücken.

Arno lächelte, nahm ihren Arm und ging zielstrebig zum Eingang, zog sie durch die Dunkelheit in die hinterste Reihe. Sie setzten sich, der Film lief schon. Ihr Herz pochte. Sie kam sich vor wie ein Teenager, spürte seinen Atem dicht an ihrem Ohr, als er Worte flüsterte:

»Grüner ist, seit ich dich fühle, Baum, Strauch und Wiese«, legte den Arm um ihre Schultern und lachte leise: »… frei nach Brecht«, und hauchte einen Kuss auf ihre Wange.

Sie flüsterte zurück:

»Grün? Die Blätter sind bunt. Es ist September, Altweibersommer.«

Im Flimmerlicht der Kinoleinwand sah sie seine blauen Augen strahlen. Ein Strahlen, das in ihrem Innern ein warmes Licht anknipste.

Sie fuhr wieder mit dem Fahrrad zur Arbeit. Ihr war leicht ums Herz, wie wenn sie von einem Zimmer ins nächste gegangen wäre, vom dunklen ins sonnige.

Wenn Arno Frühdienst hatte, beide zur gleichen Zeit Dienstschluss, fuhr er das Fahrrad und sie saß auf dem Gepäckträger.

Vor der Haustür angekommen, umarmte er sie, hob sie hoch und drehte sie durch die Luft. Dann stellte er sie wieder auf den Boden und küsste ihre Handflächen:

»Bis morgen.«

Er ging die Gasse hinunter, an der Straßenecke drehte er sich noch einmal um und winkte.

Oben am Flurfenster sah sie Pia.

Hatte die Tochter vom Fenster aus alles beobachtet? Augenblicklich wurde ihr bewusst, dass es irgendwie unstimmig war.

Sie, eine Mutter mit einer zehnjährigen Tochter. Arno, sieben Jahre jünger als sie …

Wie soll das gehen?

Eines Tages ließ sie sich darauf ein, dass er mit ihrem Fahrrad eine andere Richtung einschlug.

»Sieht ein bisschen verkramt aus in meiner Bude.«

Ina schaute sich um: Ein Schreibtisch. Ein Schrank. Ein Regal mit vier Fächern – Bücher, CDs, Schallplatten, Karteiordner.

An der Wand über dem Sofa ein vollbeschriebener Kalender. An der Fensterfront ein Tisch mit Radio, Kassettenrekorder, einem Plattenspieler, vielen elektrischen Gerätschaften.

Auf dem Fußboden Lautsprecher-Boxen, diverse Kabel.

Arno rief aus der Küche: »Was möchtest du trinken? Rotwein oder Weißwein?«

Beim Gang zur Küchentür wäre sie beinahe über eine Kabelbox gestolpert.

Auf dem Küchentisch leuchtete das warme Licht einer Kerze.

Er lief in der kleinen Küche vom Küchenschrank zum Tisch, vom Tisch zum Kühlschrank, befreite Stuhl und Hocker von Kleidungsstücken und alten Zeitungen:

»Rotwein bitte«, sagte sie und setzte sich auf den freigewordenen Küchenstuhl.

»Du bist wohl ein Musik-Fan?«

»Na ja, genaugenommen habe ich im Abendkurs eine Ausbildung zum Diskjockey gemacht«, er lachte. »Jetzt bin ich nebenbei staatlich geprüfter Schallplattenunterhalter. Lautsprecher, Mischpult, ein Leistungsverstärker, Wiedergabe-Geräte und Tonträger – inklusive der Lichtanlage.

Das meiste davon habe ich mir selbst zusammengelötet und geschreinert.«

»Wie kriegst du das alles unter einen Hut? Schichtdienste im Krankenhaus und dann noch Musikunterhalter.«

»Musik ist mein Hobby.«

Das anfängliche Gefühl der Zuneigung wandelte sich in Liebe, umhüllte sie wie einen wärmenden Mantel.

Eine Liebe, die ihre Zukunft noch nicht berührt hatte. Nicht wie die Jugendliebe, diese verwirrende, törichte und unkontrollierbare Empfindung, die man Verliebtheit nennt.

Bevor sie sich an ihren Schreibtisch setzte, ein Blick aus dem Fenster, zum Parkplatz, dahinter die Straße, die Parkanlage mit den Bäumen. Das Grün, das Gelb, beruhigend schön.

Und die rot flimmernden Blätter: Altweibersommer. Sie musste lächeln und an Arno denken.

Ihre Hand berührte die neue Schreibmaschine. Sie strich liebevoll über die Tastatur.

Glücksgefühle …, nicht nur eine Ansammlung von Buchstaben.

Der Chef hatte sich inzwischen auch moderne Technik zugelegt. Ein Diktiergerät. Dieses brachte er fast täglich zusammen mit der Patientenakte am Morgen vorbei. Ohne seine Sekretärin anzuschauen oder zu berühren, legte er das Diktafon neben ihre Maschine, ließ seine Hände in den Taschen des Arztkittels verschwinden, wünschte einen schönen Tag und verließ den Raum.

Wie sie noch so dasaß und tippte, Papier rausgedreht, gefaltet, eingetütet, frankiert, Feierabend in
Sicht…, klingelte das Telefon.

Arno konnte es nicht sein, der hatte Spätdienst, und wie er meinte, Einsatz auf der Intensivstation. Mehrere Unfälle. Überstunden waren
zu erwarten. Es würde spät werden.

Sie nahm den Hörer ab, es meldete sich Eva
Hofmann. »Hallo Ina, gut dass ich dich noch er-
reiche. Könntest du wieder mitmachen in unserer
Gruppe? Freitagnachmittag? Wir brauchen dich
im Kulturhaus. Es wäre schön, wenn du kommen
könntest. Ich erkläre dir alles Vorort.«
»Ähm, wie bitte …«, sie kam ins Stottern. Es
schien ja fast wie ein Hilferuf.

Man brauchte sie. Dem Anschein nach war es
dieses Mal kein Helfersyndrom.
Und irgendwie fühlte sie sich auch ein wenig ge-
ehrt: »Okay, gut. Ich komme.«

EVA und IHRE FRAUEN

Sie kommt sich vor wie eine Fallschirmspringerin, die an der offenen Tür des Flugzeuges steht und springen muss. Der Albtraum ist wieder in ihren Gedanken.

Das Talent, alle Hemmungen, alle Skrupel zu überspielen, droht ihr abhanden zu kommen. Wie soll das gehen? Laufen nach Musik vor Publikum. Der Enthusiasmus, der zuvor von ihr ausgegangen war, hat nun ihre Gruppe erfasst.

Sie scheinen keine Bedenken am Gelingen der Show zu haben.

Da ist wieder Ehemann Michael, der ihr mit seinen Sprüchen kommt.

»An unmöglichen Dingen sollte man nicht verzweifeln, sondern einen Versuch wagen«,

oder am Abendbrottisch, als die Töchter sich über Mutters Modenschauidee amüsieren:

»Die höchste Form des Glücks ist ein Leben mit einem Grad an Verrücktheit.« Ihre große Tochter macht dem Gespött ein Ende:

»Ich könnte meine Ballettlehrerin fragen, ob sie mit euch ein bisschen Bewegungen und Laufen übt. Die Frau Hildebrand ist eine super tolle Frau.«

Und sofort hatte Michael wieder einen Vers parat: »Wenn du denkst es geht nicht mehr, kommt irgendwo ein Lichtlein her.«

Die Tanzpädagogin Frau Hildebrand erklärte sich bereit, auch der Kulturhausleiter gab sein Einverständnis. So begannen die Kursstunden mit den Frauen.

Rhythmische Bewegungsabläufe, Kommunikationstraining. Körperliche Ausdrucksfähigkeit.

Die Ballettlehrerin konnte ihr Lächeln wie eine Glühbirne an- und ausknipsen.

Wenn sich die Frauengruppe mit verschwenderischen Gesten durch den Raum lancierte, sie ihre Körper dabei wie ein Kraftwerk einzusetzen versuchten, hatte sie ihr Lächeln ausgeknipst.

Sie zeigte, wie man sich durchsichtig leicht und locker bewegt, so als könne man Flügel ausbreiten. Sie schwebte durch den Raum und lächelte:

»Es kommt auf körperliche Ausdrucksfähigkeit an, und in Ihrem besonderen Fall spielt auch das Kleidungsstück eine nicht unbedeutende Rolle. In einem Festkleid bewegt man sich anders als in einem Dirndl.«

Wenn sie lobte, hatte das Lob einen pfeifenden Unterton, so als solle man sich weniger affektiert präsentieren. Wie eine Sportlehrerin stellte die Pädagogin die Gruppe nach Größe und Typ zusammen.

»Möglichst paarweise. Und Ihre Leiterin muss die Moderation übernehmen ...«
Dabei stellte sich heraus, dass noch ein Mannequin fehlte, denn niemand wollte allein laufen müssen. »Vielleicht können wir Ina fragen? Die war doch so super bei dem Polterabend«, rief Silke, die sich mit Katrin zusammengetan hatte.

»Das ist Ihr Problem«, meinte Frau Hildebrand. »Und, ich mache Sie darauf aufmerksam, dass bei einer Präsentation, die Kollektion unbedingt stimmig zusammenpassen muss. Ein wichtiger Faktor hierzu ist auch die musikalische Begleitung. Sie benötigen eine professionelle Musikbegleitung.« Puh ..., ein neues Problem.
Helene spürte einen Druck in der Magengegend und hatte Evas Worte im Ohr:
»Vertragsabschluss«, »Dezember«. Alles Fakten, die hier jedoch keinen zu beunruhigen schienen.

Eva und ihre Frauen schritten – nach dem Unterricht bei der Tanzpädagogin –, ins Kulturhaus, als wäre der Weg, vorbei an Wachholder und Rhododendron ein Pariser Laufsteg.
Der Slogan, *Kleider machen Leute* und *Leute machen Kleider* trat seinen Siegeszug an.

Man stürzte sich bedenkenlos in die neuen Aufgaben.

Es begann eine Zeit, die die Privatsphäre in den Haushalten der Frauen in ein Chaos stürzte. Berufstätige Frauen, die ihr Hobby als Relaxprogramm betrachtet hatten, mussten für eine Modenschau musikalisch, rhythmische Bewegungen üben und arbeiteten nach Feierabend an Kleidungsstücken für die bevorstehende Modenschau.

Außergewöhnliches und Originelles sollte es sein. Aus Windeln – eingefärbt und bedruckt – wurden Blusen. Kartoffeldruck auf Futterseide. Weiße Spitzenunterwäsche wurde zum Festkleid. Bettlaken ergaben, eingefärbt, enganliegende Cocktailkleider. Aus Futterstoff wurden leichte Sommerblusen, mit Blütenmotiven in Wachsbatik.

Ein Radiergummi wurde zu einem Model mit Ornamentmuster, ein Blusendekolleté bekam eine handgefertigte Richelieustickerei, ein Schwesternkittel wurde, eingefärbt, zum Morgenmantel und duftiger Gardinenstoff ergab ein Abendkleid.

CLAUDIA

Sie, Studentin an der Ingenieurschule, hatte geheiratet, um das Privileg zu haben, mit ihrem Mann in eine gemeinsame Wohnung ziehen zu können.

Dank ihres Vaters, der Beziehungen zu der Kommunalen Wohnungsverwaltung hatte, klappte es auch schnell.

Zweizimmerwohnung. Wohnraum, Schlafraum, Küche. Im Wohnzimmer teilte sie sich den kleinen Schreibtisch mit ihrem Mann. Er benötigte wenig Platz, sein Papierkrieg – wie er es nannte –, fand auf seiner Arbeitsstelle statt. Er fuhr jeden Tag mit dem Zug nach Dresden.

Bernd arbeitete im Volkseigenen Betrieb Robotron, ein Zentrum für Forschung und Technik. Oft erzählte er ihr stolz von der Entwicklung der ersten Peripheriegeräte für Heimcomputer.

Sie verstand davon wenig, war froh, dass sie ihre Studienblätter und Vorlesungshefter unkontrolliert herumliegen lassen konnte. Priorität hatte jetzt erst einmal ihr Hobby. Die kleine Nische neben dem Ehebett war die „Nähstube". Stoffe lagen überall herum, Schere, Stecknadeln, Schnittmusterbögen. Das hatte manchmal auch seine

Tücken, wenn Nadeln, Scheren, Garne zwischen Unterwäsche landeten …

Als sie nach passenden Schuhen für ihr Hochzeitskleid suchte, lernte sie Margit kennen, Fachverkäuferin in einem Schuhgeschäft. Es bahnte sich eine Freundschaft an. Beide waren begeistert beim kreativen Gestalten bei Eva. Margit war die Schneiderin, und Claudia mit ihren Ideen die Kreative. Wenn ihr Mann unterwegs war, kam Margit zu ihr. Dann knieten beide vor der Badewanne, schwenkten Stoffe hin und her, mischten immer neue Farbkombinationen ins Wasser. Das Blau mit einem Schuss türkis und grün, rot und gelb, bis endlich der gewünschte Farbton gefunden war. Wachsen, Färben und Trocknen, eine langwierige Prozedur. Bei der Wachsbatik mussten die Flächen, die nicht eingefärbt werden sollten, mit flüssigem Wachs abgedeckt werden. Das Ergebnis war immer überraschend.

Als hätte ein Zauberer den Stab geschwungen, wenn das bunte Tuch zum Trocknen auf der Leine hing. Stolz präsentierten die beiden im Kulturhaus ihre Resultate. Der Stoff lag dann vor ihnen auf dem Tisch. Diverse Modezeitschriften, aber noch kein Entwurf, kein Zuschnitt.

Das kam später …

DIE Gruppe WIRD komplett

An jenem turbulenten Nachmittag kam Ina in dieses euphorische Gewimmel.

Silke zupfte gerade an Katrins Kleidungsstück herum, sah zur Tür und flüsterte:

»Ich glaube Ina hat sich verliebt, ihre Haare und Augen glänzen.«

Katrin lächelte, drehte sich vor dem großen Wandspiegel, den man eigens für die Gruppe im Kulturraum angebracht hatte.

»Hier«, sagte Silke, hob ihre Arme und zeigte auf den Armausschnitt, als habe sie den Kommentar von Katrin nicht gehört: »Hier die Armausschnitte. Es ist wichtig, dass sie nicht zu weit und nicht zu eng sind. Wenn sie zu weit sind, gibt es eine hässliche Hautfalte in der Achselhöhle, wenn sie zu eng sind, gibt es Schweißflecken …, und was gibt es Peinlicheres als das.«

Sie ging um Katrin herum, betrachtete sie aus verschiedenen Perspektiven, an verschiedenen Stellen. »Alles ist aber ansonsten super, das blaue Kleid zaubert etwas Funkelndes, Strahlendes.«

Ina stand da, grüßte, schaute in die Runde:

»Hallo, ich weiß nicht, Nähen ist nicht so mein

Ding.« Sie drehte nervös an einer Haarsträhne.

»Nun ja, wir brauchen dich für unser Programm.«

»Was, wie bitte? Modenschau?«

»Eva näht für dich und du machst mit deinen geschickten Händen aus dem Stoff etwas ganz Individuelles, zum Beispiel Stickerei oder Stoffdruck.« Helene sprach besänftigend auf Ina ein.

»Etwas Besonderes, was zu dir passt.«

Silke kam hinzu:

»Wir brauchen dich, du warst bei der Show am Polterabend so bemerkenswert, sehr eindrucksvoll, als wärest du zum Mannequin geboren.« Silke hatte das Talent, in allen und allem immer nur das Beste zu sehen, alle Situationen, Zweifel und Uneinigkeiten ins Lot zu bringen.

Ina strich schüchtern den Stoff glatt, den Helene ihr überhängte. Eine Wolke aus Futterseide.

»Du kannst auch nähen, da bin ich mir sicher«, meinte Katrin. »Jeder von uns kann das, wenn man es einmal versucht hat. Dazu muss man keine Ausbildung zur Textilfacharbeiterin haben. Denk doch mal an Claudias Hochzeitskleid und den Reißverschluss …«, alle lachten. »Na ja, bei einer Modenschau schaut niemand so genau hin.«

»Das Gesamterscheinungsbild ist wichtig.«

»Blusen ohne Ärmeleinsätze schneidern. Raglanärmel. Zwei Stoffteile aneinander, Vorderteil, Rückenteil. Nur zwei durchgehende Nähte. Das kriegst du auch hin«, meinte Silke.
Aufmunternde Worte von allen Seiten.

Die Beklommenheit, mit der Ina den Raum betreten hatte, schien aus ihr entwichen wie Nagellackentferner aus der offenen Flasche.

Helene drehte sich vorm Spiegel.

Schwarzes Oberteil, der Rock in schwarz-rotgelber Stoffapplikation.
Eva lachte: »Ein wenig deutsch-deutsche Parolen im Kleid können nichts schaden.«
»Oh nein, was soll das denn. Diesen Kommentar hättest du dir sparen können.«
Ein strafender Blick von Helene.

Morgenmäntel aus Futterseide, Bauernröcke, Cocktailkleider, kreative Flickenröcke, Ballkleider. Eva hatte ein Programm erarbeitet, daran galt es, sich zu halten. Sie hatte zunächst Musterentwürfe mitgebracht, die zu Ina passten, und ihre Koffernähmaschine, an der Ina mit neu entdeckter Leidenschaft saß und das Nähen erlernte.

Sie war bald eifrig mittendrin, diskutierte, wenn es um Farbgestaltung und künstlerische Stoffapplikation ging.

Manchmal stand sie mitten im Satz auf, verkündete: »Ich muss los«, packte ihre Sachen, und ging zur Tür.

Man hörte sie eiligst die Treppen herunterlaufen.

Nach einem solchen Abgang verstummten alle, stichelten: »Frisch verliebt«.

ARNO

Er hatte seine Junggesellenbude auf Vordermann gebracht. Die ganze Disko-Technik in sein Auto gepackt – die benötigte er am Wochenende bei einer Jubiläumsparty.

Er hatte beschlossen, Ina mit einem Abendessen zu überraschen. Beim Fleischer in der Schlange anstehend, dachte er an seine Mutter: Wie ging das mit dem Gulasch? Rindfleisch, Schweinefleisch?

Doch als er an der Reihe war, gab es nur noch Hackepeter. Irgendwie war er auch erleichtert. Aus Hackepeter kann man Fleischklöße machen, das geht einfach.

Am Vormittag hatte er eine grüne Gurke erstanden und Kartoffeln.

Er legte Musik auf, krempelte die Ärmel hoch: Eine Schüssel, ein Ei, etwas Mehl …

Fleischklöße brutzelten in der Pfanne, die Schallplatte wurde umgedreht, Kartoffeln geschält …, alles war vorbereitet. Er stellte die Flamme aus, deckte den Tisch, duschte, rasierte sich. Er würde in Inas leuchtende Augen schauen, sie bedienen und sehr lange streicheln … Pünktlich stand er auf dem Parkplatz vor dem Kulturhaus.

Er sah Ina durch das Grün der Sträucher auf ihn zu eilen. Er suchte nach Worten.

Die Worte, verflixt noch mal, die Worte …, damit konnte er noch nie besonders gut umgehen. »Hallo«, Ina winkte. »Komm steig ein«, er hielt ihr die Autotür auf.

»Was hast du da alles in deinem Auto? Passe ich da überhaupt noch hinein?« Er warf den Autoatlas vom Beifahrersitz nach hinten:

»Na, so dick bist du ja wohl nicht.«

Er lachte.

»Ich muss morgen auf einer Jubiläumsfeier spielen. Außerdem musste ich für dich in meiner Bude, zwischen dem ganzen Musikkram, ein wenig Platz schaffen.«

Während Ina sich auf den Beifahrersitz ins Auto zwängte, kam Katrin angelaufen, rief und winkte:

»Könnt ihr mich ein Stück mitnehmen?«

Ina zuckte mit den Schultern, schaute zu Arno, der am Auto lehnte:

»Sorry, ich bin schwer beladen.«

Katrin schaute nach hinten:

»Ich kann mich auch auf das ganze Zeug obendrauf setzen.«

Indem sie im Schneidersitz auf Arnos Musikbox hin- und her geschaukelt wurde, erzählte sie:

»Mein Mann hat freitags immer seinen Vatertag. Oft empfängt mich ein einziges Chaos zu Hause. Vergangene Woche saßen die drei in der Küche auf dem Fußboden. Mein Mann grölte irgendeinen Schlagerhit, die Jungen gaben die Schlagzeuger, lärmten mit Kochlöffel, Kochtopf und Küchenbrett rhythmisch zu dem Gesang.«

Als Katrin eine Redepause einlegte, das Auto über das Kopfsteinpflaster holperte, sie sich im Auto näher umgeschaut hatte, fragte sie erstaunt: »Bist du Musiker, so richtig mit Disko und so? Ist ja cool«, sie tippte Ina von hinten auf die Schulter:

»Hey, warum hast du uns das nicht erzählt, wir brauchen doch einen Diskjockey für unsere Modenschau.«

Ina holte tief Luft. *Modenschau*, dachte sie, was soll Arno von mir denken. Zum Glück waren sie vor Katrins Wohnung angekommen, sie klopfte Arno dankend auf die Schulter und stieg eiligst vor ihrer Haustür aus.

Arno ging die Treppen voran, öffnete ihr die Wohnungstür und deutete mit einer galanten Armbewegung an, einzutreten.

Er half ihr aus dem Mantel, lief dann in die Küche, stellte die vorbereiteten Speisen auf die Wärmeplatte.

»Guten Appetit.«

»Es schmeckt lecker. Ich habe noch nie abends warmes Mittagessen zu mir genommen. Mein Abendessen besteht vorwiegend aus einer Butterschnitte. Na ja, und wenn Pia da ist, gibt es noch Vanillepudding mit Birnenkompott.«

Sie saßen sich am Küchentisch gegenüber – Kerzenlicht strahlte Gemütlichkeit aus.

Arno bewegte sich wie ein Oberkellner, wenn es galt, den nächsten Gang zu servieren.

Nach dem Abendessen gingen sie in sein *Apartment* – wie er seine Kammer nannte –, saßen auf dem Sofa, tranken Wein und hörten Musik.

Worte hingen in der Luft. Worte, die sie nicht zu sagen wagten, die mit verdrängten Sehnsüchten zu tun hatten. Zwei, drei Worte. Mit weniger war es nicht zu machen …

Irgendwann kauerte er sich hinter sie und schlang die Arme um sie.

»Ich wollte eigentlich Medizin studieren, aber man hatte mir ein Studium verweigert. Mein Vater ist Theologe und bei meiner Bewerbung hieß es, Arbeiter- und Bauernkindern haben das Privileg zu studieren. Eine neue Intelligenz soll heranwachsen.«

Ina reagierte, indem sie ihren Kopf auf seine Schulter legte.

Er spürte eine kleine Bitterkeit, als sie meinte:

»Ich bin zu alt für dich. Ich habe eine zehnjährige Tochter.«

Ich weiß, wollte er sagen, aber wusste nicht, ob diese Antwort vielleicht falsch war. Woher wusste er es?

Er hatte sie bei einem Gang durch die Altstadt mit der Tochter gesehen – zumindest schien es ihm unverkennbar, dass es ihre Tochter sein musste.

»Und das mit der Modenschau … Versteh` es bitte nicht falsch. Man hat mich geworben für eine Kreativitätsgruppe im Kulturhaus. Anfangs dachte ich, man will mich ablenken, … der Unfall, die Scheidung. Na ja, es war alles ein bisschen viel. Und da war ich den Frauen auch dankbar, dass sie mich in ihre Gruppe aufgenommen hatten. Aber, dass sie nun eine Modenschau machen wollen …, Kleidungsstücke vor einem größeren Publikum präsentieren …, angeblich brauchen sie mich.« Sie kam ins stottern: »Eigentlich brauche ich jetzt keine Zerstreuung mehr ...«

»Modenschau, warum nicht? Du bist ein attraktives Mannequin. Ha, und ich mache die Musik, so bin ich immer in deiner Nähe.«

Er lachte und alle noch bestehenden Hemmungen waren ausgeräumt.

Sie hatten lange noch dicht beieinander unter der Bettdecke gelegen, er hatte ihren gleichmäßigen Atemzügen gelauscht.

Dann war er in seinen Schlafsack gekrochen.

In dieser Nacht schlief er kaum.

Er sah aus dem Fenster in eine mondlose Herbstnacht und überlegte, welche Musik wohl zu einer Modenschau passen könnte ...

DIE SHOW BEGINNT

Die Betriebsweihnachtsfeier findet im neuen Theatersaal statt. In der Theatervariante bietet er Sitzplätze für über 200 Personen. Bei besonderen Feierlichkeiten kann der Raum umgebaut werden. Tische und Stühle werden aufgestellt, und es gibt einen Mittelgang, der zur Bühne hinführt.

Als Umkleideraum hatte man der Modegruppe den Raum der Maskenbildnerin zur Verfügung gestellt.

Eva rollt den Kleiderständer herein, die Kleider hängen sortiert nach Modellen bereit.

Den Programmablauf für die Modenschau hatte sie vor ein paar Tagen noch einmal akribisch überarbeitet. Nun verteilt sie an alle die Modenschaupläne. Sie spricht, als wäre sie eine Reiseleiterin. Als stehen vor ihr wissbegierige Fremde.

Eine leichte Anspannung schwebt im Raum. Dann geht sie zum Spiegeltisch, setzt sich.
Für diesen besonderen Tag hat sie sich ein langes rotes Kleid genäht. Spagettiträger, die Taille betont. Sie schaut in den Spiegel, trägt Puder und

Lippenstift auf, malt sich die Augenlider mit dem Kajalstift schwarz, betrachtet ihr Spiegelbild.

Ihre Wimpern sind stärker getuscht als sonst, ihr Lidstrich breit.

Ein fremdes Antlitz schaut ihr entgegen. Sie versucht sich in eine Schauspielerin hineinzuversetzen, die gedanklich ihren Part noch einmal durchspielt. Begrüßungsansprache, Anmerkungen zwischen der Präsentation …

Sie sieht in ihr fremdes Ich und versucht, ruhig zu werden. Sie zählt die verbleibenden Minuten, will nichts wissen von der Aufregung in ihr. Die Zeit scheint stillzustehen.

Ina und Helene stehen schon in ihren Cocktailkleidern bereit, als Eva an ihnen vorbei zum Bühneneingang geht.

Helene streicht nervös über ihre Taille (ob man schon etwas von ihrer Schwangerschaft sieht? Uwe hatte gelacht: Dritter Monat, wer soll da etwas ahnen! Und wenn dir nicht gerade schlecht wird …). Er wollte an sie denken und ihr die Daumen drücken; das hilft, hofft sie jetzt.

Margit und Claudia schnattern aufgeregt miteinander, drehen sich mit ihren weiten Röcken vor dem Spiegel hin und her.

Silke hat sich verspätet, streift eiligst ihr Kleid über, die passenden Schuhe.

Katrin wartet am Schminktisch:

»Komm setz dich, ich helfe dir.«

Sie beugt sich über Silke, trägt Tusche auf ihre Wimpern auf und pinselt Eyeliner um die Augenränder.

»Nicht blinzeln«, sagt sie.

»Du darfst nicht blinzeln, solange ich das auftrage.« Sie dreht Silkes Kinn zur Seite, trägt den Lidschatten auf, tritt dann einen Schritt zurück, um ihr Werk zu begutachten. Nimmt den Lippenstift, dreht ihn, malt die Oberlippe aus, tupft rasch und geschickt einen Punkt auf den unteren Teil. »Jetzt press die Lippen aufeinander«, sagt Katrin. »Ja so. Aber nicht zu viel.«

Silke meint: »Du hättest Maskenbildnerin werden sollen. Muss das wirklich alles sein?«

»Na ja, Eva legt Wert auf das Äußere. Und das Publikum auch.« Katrin lacht.

Silke betrachtet sich im Wandspiegel:

»Sieht gar nicht so schlecht aus.«

Der Kulturhausleiter begrüßt die Gäste, hält eine lange Ansprache. Einen Jahresrückblick über die geleistete Arbeit im Bereich Kultur und Bildung.

Dann vergibt er Medaillen für anerkannte Arbeit im sozialistischen Kulturschaffen ...

Beschämt sehen sich die Modefrauen, hinter der Bühne an – *sozialistisch* hat für sie immer einen politisch unangenehmen Klang: »Hoffentlich sagt er nicht noch *Sozialistische Modenschau*«, flüstert Silke.

»Nun sind wir gespannt auf das Kulturprogramm. Zunächst sehen wir eine kleine Modenschau. Die Frauen kommen aus den verschiedensten Tätigkeitsbereichen. Sie beschäftigen sich in ihrer Freizeit mit der Gestaltung von Kleidungsstücken. Die Leitung hat die Kreativitätspädagogin Eva Hofmann.« Eva schreitet zur Bühne.

Ihr ist es, als ob sie durch Nebel läuft und nicht weiß, wann die Sonne kommt. Sie lässt sich vom Discjockey Arno das Mikrofon reichen.

Indem sie das Publikum begrüßt, ist alle Aufregung verflogen.

»Wir zeigen Ihnen in einer kleinen Modenschau, wie man sich gut und individuell kleidet. Was ist Mode? Mal wird sie gedeutet als der vorherrschende Stil oder die allgemeine Gewohnheit sich zu kleiden, mal als Zeitgeschmack für das äußere Erscheinungsbild, mal als Spiegel von Zeit und

Gesellschaft. Im Vordergrund steht für uns die Lust am Experimentieren mit Stoffen und Garnen. Ein Modedesigner hat einmal das Bild einer intelligenten Frau propagiert, die frei in ihren Entscheidungen ist und selbstbewusst durchs Leben geht. Das Bild einer Persönlichkeit, die nicht Objekt sein will. Es solle um die Bewegung des Kleides im Raum gehen. Um das Kleid. Also lassen Sie sich überraschen, was wir aus einfachen Stoffen mit viel Fantasie kreiert haben.«

Sie schaut zum Diskjockey …, die Musik ertönt.

Arno hatte sich gut vorbereitet, hatte intensiv recherchiert: Marschmusik und Schlager, ein Drittel Westschlager …, an diese Vorgaben hat er sich gehalten.

Er beginnt seine musikalische Umrahmung mit dem Schlager der Sängerin Paola Felix:

Paris, Stadt der Mode und der Lichter,
du hast so viele Gesichter,
und bei Nacht da zeigst du dich chic.
In Samt und Seide …

»…Samt und Seide …«, das sind die Stichworte für Ina und Helene. Sie betreten die Bühne.

175

Das Laufen, es sieht leicht und gekonnt aus.

Die Aufregung merkt man ihnen nicht an. Ihre hellen Kleider bauschen sich um den Körper. Ein Wechselspiel zwischen Orange und Rot. Die leicht verunglückte Schrägnaht im Rock – so hofft Eva –, fällt niemandem auf. Das Rot im Kleid leuchtet wie eine Flamme. Ein Lächeln in den Zuschauerraum. Man klatscht und Paola singt weiter:

Fotografen vor den Türen.
Man hört Leute applaudieren.
Eleganz im Scheinwerferlicht …

Margit und Claudia schreiten als nächstes Paar über den Laufsteg.

Margit groß und schlank. Ihr langes rotes Haar fällt locker über die Schulter. Mit wippendem Pferdeschwanz läuft Claudia dicht hinter ihr.

Eva erschrickt kurz. Die beiden sind kaum wiederzuerkennen. Dick und schwer klebt die Wimperntusche an den gebogenen Härchen. Wenn sie die Augen bewegen, sieht es aus, als laufen zwei schwarze Raupen über ihre Gesichter.

Ein zweiter Blick lässt sie lächeln:

Das Schwarz der Augenumrundung, eine Wider-
spiegelung im Stoffdruck des Rockes.

Wie auf einer Linie, den Rücken gerade, den Hals
gestreckt. Mit cremefarbenen Pumps an den Füßen
bewegen sie sich ganz entspannt. Man könnte meinen, sie hätten eine schauspielerische Ausbildung
absolviert. Dass der Reißverschluss seitlich schief
eingenäht ist, sieht nur Eva.

Mode – du bist Königin der Welt.
Führst ein sanftes Regiment.
Verzauberst alle …

Silke und Katrin, ein charmantes Lächeln, eine
Leichtigkeit und Eleganz. Sie haben sich für Grün,
Rot, Blau entschieden.

Die Farben wirken wie aus der Tube auf eine
Leinwand gebracht, bunte Ornamente auf weißem
Grund. Silke trägt zu ihrem Bauernrock einen
Korb mit Äpfeln im Arm.

Als sie den Laufsteg betritt, kippt ihr der Korb
nach vorn, und die Äpfel rollen über den Boden.
Sie funkeln im Rampenlicht, als wäre es eine einge-
übte Showeinlage.

Eva hält den Atem an. Eine Schwere, so zäh wie
der Baumwollstoff ihres Kleides, verengt die Brust.

177

Arno reagiert schnell, dreht an der Lautstärke. Doch die beiden flanieren durch die Zuschauerreihen, lachen sich zu, schaukeln den leeren Korb im Rhythmus der Musik und sammeln einen Apfel nach dem anderen wieder ein. Graziös und gekonnt werfen sie die Äpfel in den Korb zurück. Einige kullern dem Publikum entgegen.

Eva nimmt das Mikrofon, will reagieren, doch ihre Stimme bricht, sie muss kurz innehalten, dann hat sie die Situation im Griff:

»Wir wünschen den glücklichen Apfelbesitzern im Zuschauerraum einen guten Appetit.«

Ein tosender Beifall.

Nach dem dreißigminütigen Programm steht Eva ein letztes Mal mit ihrem Mikrofon am Bühnenrand:

»Wir beenden unsere Show mit Worten der Modedesignerin Coco Chanel: Mode ist nichts, was nur in der Kleidung existiert. Mode ist in der Luft, auf der Straße. Mode hat etwas mit Ideen zu tun, mit der Art wie wir leben, mit dem was um uns passiert.« Sie dreht sich zu Arno um, nickt ihm zu.

»La Paloma, einmal muss es vorbei sein …«, klingt es aus dem Lautsprecher.

Alle schreiten unter rauschendem Applaus ein letztes Mal über die Bühne.

HELENE

Sie legt die Kleidungsstücke in den Koffer, klappt die beiden Hälften ihres Koffers zusammen, lässt die Schlösser zuschnappen, schnallt die Riemen fest, hebt den Koffer an seinem Metallgriff hoch und stellt ihn zu den anderen Gepäckstücken.

Dann schaut sie zu Eva auf:

»Erinnerst du dich noch? Die Studentenkneipe?«

»Wie kommst du jetzt darauf.«

Eva steht neben der Freundin, die anderen haben sich schon in den Gastraum begeben, wo ein umfangreiches Menü auf sie wartet.

»Ich bin gedanklich noch bei unserem heutigen Erfolg. Fühltest du dich etwa wie in der Studentenkneipe vor zwölf Jahren?«

»Na ja, ich will auf den Tag anspielen, als du dich damals geweigert hattest, fortan mit mir Rotwein zu trinken. Ich meine nur …«, sie stockt: »Ab heute trinke ich keinen Alkohol mehr.«

Sie streift mit der Hand über ihren Bauch, wartet auf Evas Reaktion.

»Ach Lena, sag bloß, du bist schwanger.«

»Du hast es erraten. Schau nicht so ernst. Ich weiß: Spätgebärende …, Risikoschwangerschaft.

Aber es wird schon alles gut gehen. Die Liebe in den Zeiten der Ehe ist bisweilen eine Herausforderung.« Eva sieht unwillkürlich an Helene herunter, als diese weiterredet:

»Anfangs war ich sprachlos, verwirrt, als die Gynäkologin mir sagte, dass ich schwanger bin. Ich hatte nicht mehr daran geglaubt.«

»Und Uwe?«

»Tja, mein Uwe, der brauchte bei dieser Mitteilung erst einmal einen doppelten Wodka.

Inzwischen hat er die Nachricht verdaut, pfeift in seiner Werkstatt fröhlich vor sich hin, und hat gestern ein Kinderbettchen bestellt.«

Sie gehen über den Bühnenboden, in der Ecke steht noch die Musikanlage, als warte sie auf einen erneuten Einsatz. Im Dunkel des Bühnenvorhangs erkennen sie vage Arno und Ina, eng umschlungen.

Eva zeigt auf den Laufsteg und sagt in gedämpfter Stimme: »Du und Ina, ihr beide passt gut zusammen – Kleidung und Laufstil. Was soll werden, wenn du nicht mehr dabei sein kannst?«

Helene lacht: »Du hast ja ein richtiges Modenschautrauma. Kannst du auch einmal an etwas anderes denken? Freu dich jetzt einfach mit mir.«

»Okay!" Dann stößt sie Eva von der Seite an: »Hey, ich erscheine dann in einem eleganten Umstandskleid«, und flattert mit beiden Händen wie ein Schmetterling, »… in weit wallender bunter Seide.«

Sie lachen und liegen sich in den Armen.

Vor dem Eingang zum Restaurant hält Helene inne: »Hast du gesehen, dass Margit neben dem rechten Auge ein blau unterlaufenes Hämatom hat?«

»Oh …, nein. War es sehr auffällig?«

»Na ja, ziemlich groß. Claudia hat es ihr mit viel Puder und Make-up wegretuschiert.

Ich frage mich, ob sie gestürzt ist?

Als ich sie darauf ansprach, schaute sie irgendwie ängstlich, stumm und ging in die Garderobe.«

IM RESTAURANT

Es herrschte fröhliche Ausgelassenheit. Die Musik war laut, es wurde viel getrunken, geraucht, gelacht, laut diskutiert und intim geplaudert.

Eva und Helene wurden vom Kellner zu dem Tisch neben der Bar gelotst, dort saßen die Frauen schon bei Wein und Bier.

Silke, Katrin, Claudia.

»Wo sind die anderen?«

»Na ja, Ina und Arno sind noch beschäftigt«,

Eva lachte.

»Wo ist Margit?« Alle sahen zu Claudia, die in ihr Bierglas schaute, als stünde darin eine Antwort:

»Margit hatte gleich nach dem letzten Auftritt ihren Koffer gepackt. Dann ist sie eiligst davongestürmt.«

Silke meinte:

»Es schien mir, als wird sie erwartet.«

Ein lautes Schweigen breitete sich aus.

Eva winkte der Kellnerin:

»Bitte ein Schoppen Rotwein und für meine Nachbarin ein Glas Mineralwasser.«

Der Kulturhausleiter kam an ihren Tisch:

»Sie alle waren super mit Ihrer Show. Wenn Sie einverstanden sind, melde ich Sie für den Kultur-

Wettbewerb in der Bezirkshauptstadt an«, und stellte eine Flasche Sambalita, den beliebten Maracujalikör, auf den Tisch.

Sie scherzten und lachten über die kleinen Fehltritte des Abends. Wie die roten Äpfel durchs Publikum rollten, wie bei Silke der Pfennigabsatz abbrach und sie geistesgegenwärtig ihre Schuhe in die Hand nahm, um auf Strümpfen weiterzulaufen …, sie prosteten sich zu und ließen sich mit leckeren Speisen vom Büfett bedienen.

Irgendwann zu später Stunde stand Uwe hinter seiner Frau, um sie abzuholen.

Er rief triumphierend:

»Es leben unsere Frauen!«, und zauberte einen Blumenstrauß für Eva hinter seinem Rücken hervor.

Nun gehörte der letzte kleine Schluck Sambalita dem Uwe, der die Frauen mit lustigen Storys unterhielt.

Plötzlich rief Claudia in die Runde:

»Hey, kennt ihr jemanden, der ein Zimmer vermietet?«

Kommentare von allen Seiten:

»Gerade erst aus den Flitterwochen zurück, schon suchst du ein eigenes Zimmer?«

»Dein Bernd kommt dir wohl zu oft zu nahe?«

»Willst wohl Ruhe zum Lernen haben?«

»Warum hast du denn überhaupt geheiratet?«

Die Stimmen flogen wie eine sirrende Säge über den Tisch.

Bis Claudia das Geschwafel unterbrach:

»Margit braucht ein Zimmer. Und bitte jetzt keine weiteren Fragen, ich erkläre euch das alles später.«

Uwe meldete sich zu Wort:

»Wir können in unserem Haus die Mansarde zur Verfügung stellen. Zumindest solange, wie das Kinderzimmer noch frei ist.«

Alle schauten zu Helene, die sofort aufstand und, ohne sich zu verabschieden, ihren Uwe nach draußen zog.

Katrin klopfte mit der Handfläche auf die Tischplatte: »Hey, was sollte das denn jetzt?«

Uwe winkte von der Tür aus.

Ein verlegendes Abschiedswinken.

Eva erhob beschwichtigend ihr Glas:

»Trinken wir auf die unvergängliche Liebe.«

MARGIT

Auf der Suche nach eigenen vier Wänden war Margit mit ihrem Freund kreuz und quer durch die Stadt gezogen. Ihre Mutter hatte irgendwann für die beiden eine Zweizimmerwohnung in einem alten zweistöckigen Bürgerhaus gefunden.

Die Einrichtung bestand aus einer schmalen Couch, die ihr die Mutter überlassen hatte. Ein kleiner Schreibtisch, Esstisch, zwei Stühle.
Im zweiten Raum hatten sie Matratzen als Schlafgelegenheit auf den Boden gelegt.

Neben der Zimmertür stand ein einflügliger Kleiderschrank. Wollte man den Schrank öffnen, musste die Zimmertür geschlossen sein.
Der Kleiderschrank war hauptsächlich in Bodos Besitz. Anzug, weiße Hemden, Krawatten benötigte er, wenn er auf Dienstreise fuhr. Unter das Fenster hatten sie einen metallenen Kleiderständer platziert, auf dem ihre Garderobe hing.

Am Türpfosten hinter der Tapete wisperte es manchmal eigenartig und von der Decke rieselte der Mörtel. Die Küchenzeile befand sich im Vorraum. Ein elektrischer Kocher, Töpfe und Geschirr. Im Korridor mussten sie sich Toilette und Dusche mit einer alten Dame teilen.

Ihre eintönige Arbeit als Fachverkäuferin im Schuhgeschäft brachte wenig Anerkennung.

Die Schimpftiraden, weil es nicht die gewünschte Ware gab, trafen sie oft persönlich, obwohl jeder wissen musste, dass sie an der Mangelwirtschaft unschuldig war. Wenn sie abends den Laden schloss, die Kasse ein letztes Mal klingeln ließ, den Tagesertrag abrechnete, wünschte sie sich weit weg in andere Welten.

Das Leben habe ich noch nicht so richtig im Griff, aber ich kann ziemlich gut so tun als ob, dachte sie manchmal.

Claudias Polterabend, die lustige Hutmodenschau und Evas kreative Gruppe brachten neue Inspirationen in ihren Alltag.

Eine spannende Tür hatte sich geöffnet.

Bodo hatte ihrem Plan, in der Modegruppe mitzumachen, ohne viele Überlegungen eifrig zugestimmt. Er, der immer in Eile war, als käme er zu spät, war wohl froh, dass sie nun eine Freizeitbeschäftigung hatte. Manchmal war er ohne vorherige Ankündigung mehrere Tage unterwegs.

Tagungen, Weiterbildungen, wie er sagte …

Er hatte ihr den Schreibtisch überlassen und für sie eine moderne Koffernähmaschine besorgt.

Das Nähen, schon als Kind von ihrer Mutter erlernt, machte ihr Spaß, das Laufen in hohen Absätzen auch.

Als das erste Kleidungsstück fertig war – es war kurz vor Mitternacht –, sie stand mit dem bunt bedruckten Kleid vor dem Spiegel, kam Bodo hinzu. Er machte ihr ungewohnt faszinierende Komplimente, und ehe sie nachdenken konnte, streifte er ihr den dünnen Stoff vom Körper, warf sie aufs Sofa, und seine grobe Leidenschaft stürzte auf sie herab.

Ein Stöhnen, ein herbes Geräusch menschlicher Lust. Das Kleid lag zerknittert neben ihr.

Sie schlich aus dem Zimmer wie ein Kind, das gerade versprochen hatte, artig zu sein, lehnte sich an die Wand im Flur, atmete tief durch.
Vor Erlösung, vor Scham, vor Wut …, sie konnte es nicht sagen. Zwei dicke Tränen liefen ihr über das Gesicht, im Spiegel sah sie eine bläuliche Spur über ihre Wangen laufen, von dem Kajal, den sie am Morgen breit unter ihren Augen aufgetragen hatte. Sie warf ihre roten Haare als Vorhang vor das Gesicht, holte tief Luft, wie um sich zusammenzureißen.

Fortan probierte sie das Kleidungsstück in seiner Abwesenheit im Korridor vorm Spiegel an.

Oder aber bei der Freundin Claudia.

Doch wenn Bodo zu Hause war, wollte er die neu entstandene Garderobe vorgeführt bekommen. Er strich über seinen Dreitagebart:

»Zieh es mal an.« Ein seltsamer Gehorsam, aber auch etwas Stolz geboten, das Kleidungsstück anzuziehen. Schließlich, so sagte sie sich, brauchte sie auch seine Begutachtung. Rocklänge, Taillenweite. Er hatte einen guten Blick für Schnitt und Farbkombinationen.

Doch wenn er ihr beim Abstecken des Rocksaumes behilflich war, zitterten ihre Hände und Gedanken. Sie wusste, er wollte sich belohnen.

Männer, dachte sie, die liegen auf einem, und alles, was so ein männlicher Körper ausdrückt, ist eine krampfhafte Form von Willen.

Wie oft hatte sie dagelegen, eine mühsam erzeugte Erregung vorgetäuscht. Die Dunkelheit, die Nächte machten es leichter. Da konnte sie die Augen schließen, und an Farbtupfer denken, die den Alltag erhellen. Sie wünschte, eines Tages wären alle Beklemmungen aufgebraucht, wie das warme Wasser, wenn sie zu lange geduscht hatte.

Warum konnte sie keine Lust empfinden? Was ist eigentlich Liebe?

Erinnerungen an die Verliebtheit in der Oberschulzeit. Nichts ging ohneeinander. Arm in Arm standen sie in der Pause auf dem Schulhof – neidische Blicke interessierten nicht.

Oder doch?

Die Mädchen sahen immer wie flüchtig zu ihr herüber.

Wenn Bodo nicht bei ihr war,

waren die Blicke anders.

Dann waren sie so wie immer.

Wenn er da war, hießen sie:

Wieso hat die den abgekriegt?

Sie erinnerte sich, wie sie auf der Mauer des Schulhofes stand, der Platz war schon leer, nur vereinzelt standen Erstklässler mit dem Ranzen auf dem Rücken und warteten darauf, abgeholt zu werden.

Bodo schaute zu ihr hoch:

Du siehst aufregend aus, wie du da oben stehst.

Es schoss ihr eine plötzliche Hitze durch den Körper.

Er fand sie aufregend!

Sie sprang von der Mauer.

Da stand er dicht vor ihr.

Lässig.

Seine dunklen Locken kräuselten sich im Wind.

Aufregend, findest du?

Er nickte:

Sehr aufregend sogar.

Er zog sie zu sich heran

und sie spürte seinen Mund auf ihrem,

voller Energie und Verlangen.

Nach dem Abitur musste Bodo nicht, wie die meisten seiner Mitschüler, zur Volksarmee, sondern seine Eltern ermöglichten ihm ein Studium an der Hochschule für juristische Ausbildung – was auch immer das war …

Dafür benötigte er – wie er ihr erzählte –, einen Aktenkoffer und einen dunklen Anzug …

Verliebt, eine mediale Erfindung in Romanen?

Sie lag im Bett, hatte auf die Uhr geschaut, es war weit nach Mitternacht.

Jetzt kommt er nicht mehr, dachte sie.

Wo er hinfährt, was er eigentlich zu tun hatte, wenn er mit weißem Hemd, Krawatte, Anzug und Aktenkoffer irgendwo unterwegs war, hatte sie nie gefragt. Und er hatte nichts erzählt.

Seit er die moderne Nähmaschine über irgend-
welche Beziehungen in wenigen Tagen für sie besorgt hatte, war sie misstrauisch geworden.

Bevor die Augen zufielen, kamen Kind-
heitserinnerungen in ihr auf: *Guten Abend, gute
Nacht, mit Rosen bedacht, mit Näglein besteckt ...,*
sang die Mutter vor dem Einschlafen.
Ein mit vielen kleinen Nägeln bestecktes Kind
soll einschlafen. *Morgen früh, wenn Gott will,* mahnt
die Mutter, *wirst du wieder geweckt.*
Sie musste tapfer die Näglein ertragen, damit
Gott sie am Morgen aufwachen lässt ...
Albträume, die quälten.
War es einer dieser Träume? Bodos Gesicht
schwebte plötzlich über ihr, sie stieß ihn von sich.
Er schrie auf sie ein: »Was hast du? Du bist
meine Frau.« Sie packte ihr Kopfkissen und rannte in den Korridor und schloss sich in der Toilette ein. Als in der Wohnung alles ruhig war, wagte
sie sich in die Küche ..., dort stand er mit einer
halbleeren Wodkaflasche.
Er warf die Flasche ins Spülbecken, packte
sie, drücke sie gegen die Pinnwand, die neben der
Tür hing. Die knubbligen Magnetsticker, die die
Listen und Gedächtnisstützen hielten, drückten

im Rücken. Er entlud sich, einmal, zweimal. Ein derber Schlag ins Gesicht und die Schlafzimmertür krachte ins Schloss. Sie drehte sich zur Pinnwand, ordnete die Sticker zu einem Muster, dann schleppte sie sich langsam zum Wasserhahn, hielt ihren Kopf darunter.

Du musst einen kühlen Kopf bewahren, hatte Bodo ihr vor der Abiturprüfung gesagt, und sanft über ihr Haar gestrichen.

Das war damals …

Am nächsten Tag ging sie nach der Arbeit zu Claudia. Bei einem Glas Wein erzählte sie, packte alles aus, was sie bedrückte.

Sie redete sich vom Schmerz weg und gleichsam tiefer hinein in die enttäuschte Liebe, allen Frust, allen Kummer. Bodos unerwartete Gewalttätigkeit. Alles sprudelte an jenem Tag aus ihr heraus. Und ganz plötzlich und unvermittelt fragte sie: »Hat deine Mutter dir abends am Bett auch Schlaflieder gesungen?

Kinderlieder? Gute-Nacht-Lieder?«

Claudia lachte bitter.

»Meine Mutter konnte nicht singen.«

Und, als rede sie von einer Expedition zum Mond: »Meine Mutter scheuchte uns mit mahnenden Worten ins Bett. Ein kurzes Gut-Nacht, Licht gelöscht, Tür geschlossen. Ich lag am Fenster und konnte in den Himmel schauen, bis ich eingeschlafen war ...«

Eine Atempause: »Na ja, deine Gute-Nacht-Variante wäre mir vielleicht lieber gewesen.«

Margit erzählte von dem Schlaflied und ihrer Angst vor den Nägeln und dem Willen Gottes. »Vielleicht steckt die Angst noch in mir?«

Als Claudia ihre Handarbeit ausbreitete, Margit sich an die Nähmaschine setzte, schien der lange Strom von Wörtern versiegt. Die Nähmaschine ratterte, Claudias Farbstempel machte hämmernde Geräusche auf dem Stoff.

Bis Claudia das Schweigen brach: »Weißt du, dass die Verkleinerungsform von *Näglein* frühhochdeutsch ist? Auch mittelhochdeutsch, woraus die Lieder und Märchen entstanden. Es ist eine Bezeichnung für die Nelke, die duftende Wild- und Zierblume. Ihren Namen hat sie von der Gewürznelke, jener getrockneten Blütenknospe, des auf den Philippinen heimischen Gewürznelkenbaumes. Die Form hat Ähnlichkeit mit kleinen Nägeln. Das hat uns in der elften Klasse der Biologielehrer erzählt. Er war ein Pflanzenfanatiker und ich in ihn verliebt. Platonisch, versteht sich.«

Margit atmete tief durch: »Was du dir alles gemerkt hast.« Ihre Bewegungen waren verlangsamt, als sie die Nähmaschine wieder in Gang setzte.

Dann plötzlich verkündete Claudia gebieterisch: »Jetzt hat es ein Ende. Wir suchen für dich eine eigene Wohnung, du wirst deine Sachen packen und ausziehen. Wenn man denkt, dass nichts mehr zu retten ist, kümmert man sich am besten um die praktischen Dinge.«

Eine Idee sprang über:

»Wir machen Nägel mit Köpfen.«

Margit nahm ihren Blusenstoff, zeichnete mit einem Wachsstift kleine Nägel. Ordnete diese so an, dass es ein Ornament ergab. Wachsbatik.

Eine schmückende Bordüre an Ärmel und Dekolleté.

»Vergangenheitsbewältigung«, meinte Claudia.

EVA

Sie fühlt sich nach dieser ersten Modenschau, wie auf der obersten Sprosse des Erfolgs angekommen. Doch mit der obersten Sprosse hat es eine merkwürdige Bewandtnis. Man verbeißt sich in dieses Glückserlebnis und ist darauf bedacht, es zu halten. Man weiß, dass es nicht höher hinauf geht, aber man weiß sehr wohl, dass es einen Abstieg geben kann. Außerdem ist ihr klar, dass es keinen Dauerzustand gibt.

Dieser Erfolg war ein Trapezakt, ein Trapezakt erfordert höchste Anspannung. Doch er dauert nur ein paar Minuten, diese Show dauerte dreißig Minuten. Beifall klatschende Hände, die einen auffangen und halten, darauf muss man sich konzentrieren. Gibt es ein weiter so? Oder war es etwas Einmaliges? Der Moralist hämmert in ihr: Es ist nicht dein Erfolg allein!

Am nächsten Morgen klingelt das Telefon. Michael und die Kinder sind schon außer Haus, sie sitzt noch am Frühstückstisch, läuft in den Korridor an den Apparat:

»Ja, hallo. Hofmann …«

»Ich brauche einen Bericht, ein Interview.«

Eine fremde Männerstimme ohne Namen.

»Bitte hören Sie mir zu.«

»Nein«, ruft sie zurück: »Ich höre Ihnen nicht zu. Wer sind Sie? Ich kenne Sie nicht.«

»Zwei Minuten«, sagt er. Natürlich könnte sie sofort den Hörer auflegen, aber irgendwie ist sie neugierig.

Er wäre Journalist, der Kritiken in der regionalen Zeitung verfasst. Nach allem, was sie erfährt, gibt er sich als Fan ihrer Modenschau zu erkennen. Er möchte sich mit ihr treffen.

»Ein Interview. Heute Nachmittag. 16 Uhr im Café Nord an der Schlossstraße.«

Bei ihr kommen Zweifel auf: »Geben Sie mir bitte Ihre Telefonnummer, ich kann das nicht so spontan entscheiden. Ich rufe zurück.«

Sie will sich Bedenkzeit einräumen. Doch ihr Gegenüber hat den Hörer bereits aufgelegt.

Als sie am Nachmittag aus dem Haus tritt, stürzen Lärm und Licht auf sie ein, als explodiere die Welt. Nebenan wird ein Neubaublock gebaut. Es ist, als ob der Sonnenschein vom Getöse der Presslufthammer erzittert.

In ihr zittert es auch.

Warum hat der angebliche Journalist mich nicht gleich nach der Veranstaltung interviewt? Warum gehe ich zu dem Treffen? Neugier?

Oder hoffe ich auf Anerkennung, Bewunderung? Bekanntwerden durch einen Pressebericht?

Indem sie die Seminarstraße überquert, begegnet ihr Claudia mit ihrem frisch verheirateten Ehemann: »Hallo, wo willst du denn so eilig hin? Wir haben gerade von dir gesprochen. Zur nächsten Modenschau will Bernd unbedingt mit eingeladen werden.« Claudia schaut lachend von einem zum anderen.

»Das kann ich nicht versprechen. Nächste Vorführung ist am achten März, Internationaler Frauentag.« Eva ist schon mit einem Bein auf der Straße, als sie ruft: »Wie der Name schon sagt: Ein Tag für Frauen ...«

Dann kommt sie doch noch einmal zurück, spricht fast lautlos: »Ich treffe mich mit einem Journalisten. Er will ein Interview, einen Bericht von der gestrigen Modenschau schreiben.«

»Oh, wenn das Margits Mann ist, der arbeitet für die Sächsische Zeitung. Sei vorsichtig, er ist einer von den ganz Roten«, sie schlägt sich mit der Hand auf den Mund: »Sorry, ich denke, du weißt, was ich meine?« Die letzten Worte klingen noch nach, als Eva vor dem Café steht. Ich kenne den Mann nicht. Aber er wird mich erkennen, falls er gestern im Theater zugegen gewesen war.

Sie schaut möglichst unauffällig durch das boden-
tiefe Fenster. Fast alle Tische sind besetzt. Ihr ist
mulmig zumute. »Ein Roter«, hatte Claudia gesagt. Vielleicht hat er noch einen Herrn mitgebracht? Vielleicht ein Tonbandgerät? Ihr fallen
Worte ein, die sie gestern lieber hätte nicht sagen
sollen … Vielleicht sieht er mich hier stehen?
Sie entfernt sich mit einigen Rückwärtsschritten
vom Fensterglas. Ihr fröstelt … Nein, ich gehe
nicht hinein. Nein, nein, nein. Hat sie die Worte
laut herausgeschrien? Eine junge Frau mit einem
Kinderwagen kommt vorbei: »Ist Ihnen nicht
gut? Kann ich Ihnen helfen?«

»Nein, danke.« Sie dreht sich auf dem Absatz
um, läuft den Weg zurück, den sie gekommen ist.
Plötzlich hat sie das Gefühl, verfolgt zu werden.
Sie geht bewusst steil aufrecht, langsam, und läuft
doch. Sie denkt an die vielen Zeitungsartikel, Berichte von Journalisten, die, bevor sie in den
Druck kommen, einer strengen Zensur unterzo-
gen werden.
Wie würde ein Berichterstatter ihre gestrige Moderation kommentieren? All die Sätze? Zum Beispiel: Katrins Bauernrock. Katrin hatte sich zum
Thema *Bauernröcke* eine Streifenapplikation ausgedacht: Schwarz, rot, gelber Leinenstoff. Farbige

Stoffreste, die zur Bluse passten. Wie hatte sie das Modell kommentiert …?

Fast muss sie jetzt lachen:

»Die Fahne des Landes im Rock«, das war ihr am Mikrofon so ganz spontan rausgerutscht. Erst hinter der Bühne fiel ihr auf, was sie gesagt hatte: Schwarz, rot, gelb ist die Fahne des Klassenfeindes. Ihre Landesfahne hat ein wichtiges Emblem in der Mitte: *Ährenkranz, Hammer und Sichel.*

Worte, so leichtfertig dahingesagt, könnten falsch ausgelegt werden. Antisozialistische Parolen. Das wäre für die Presse eine Schlagzeile.

Indem sie im Laufschritt das Café hinter sich lässt, hört sie Verfolgungsschritte. Ihr fällt im Laufen die verunglückte Show mit dem Apfelkörbchen ein. Welche Story könnte ein Journalist daraus machen? *Kostbare Äpfel von der sozialistischen Obstplantage entwendet und dann zu Fallobst degradiert?*

Die Seminarstraße ist fast menschenleer. An der Stelle, wo sie Claudia und ihren Mann getroffen hatte, sitzt ein Hund. Angekettet am Lichtmast. Sein lautes Bellen übertönt alle Geräusche. Doch als sie in die Theatergasse einbiegt, hört sie erneut die Männerschritte im Rücken. Der angebliche Journalist? Sie läuft schneller. Die Schritte passen sich ihrem Tempo an. An der Ecke, wo der Park beginnt, hofft sie, den Mann abgeschüttelt zu haben. Sie geht den Pfad zwischen der Buchenhecke entlang, bleibt kurz stehen …, lauscht.

Da sind sie wieder. Schritte in ihrem Rücken. Sie rennt durch den Park, läuft an der Baustelle vorbei. Die Presslufthammer haben Feierabend. Die Haustür steht offen, sie atmet erleichtert auf.

Angekommen. Doch … wie das? Als sie vor der Wohnungstür steht, nervös nach dem Schlüssel in ihrer Tasche sucht, hört sie die Verfolgerschritte im Treppenhaus. Ihr Herz flattert …

Eine Männerstimme ruft:

»Hey, sag einmal, was ist in dich gefahren?«

Michael steht vor ihr. »Seit der Seminarstraße laufe ich dir hinterher. Hast du ein schlechtes Gewissen? Warum wartest du nicht auf mich?«

»Oh, Gott«, sie lässt sich an seine Schulter fallen.

»Was wolltest du am Café Nord? Wolltest dich wohl mit einem Verehrer treffen? Hast mich drinnen sitzen sehen und bist verschreckt weggelaufen …, das wäre zumindest meine Theorie.«

»Ach, Michael«, jetzt muss sie lachen:

»So entstehen Scheidungsgeschichten, oder Kriminalromane.« Michael hingegen kann nicht lachen. Er ist wütend. Wie ein Raubvogel verengt er die Augen zu zwei Schlitzen, ohne ein Lächeln, ganz als könne er konzentrierter sehen, wenn er seine Pupillen nur einen Spalt frei lässt.

Er entwirft ein so schreckliches Bild von ihr, sodass sie momentelang überzeugt ist, ihre Ehe ist zu Ende, hier und jetzt, und ihr bleibt, wegen ihrer moralischen Verkommenheit, nur der Weg, fortzulaufen.

Seine Sätze beginnen mit »Du solltest einmal darüber nachdenken ...« Sie hört ihm eine Weile zu und lässt seine Worte wie Stiche in sich eindringen. Dann versucht sie das Gleiche, schreit auf ihn ein, ohne sich erklärt zu haben: »Und du, mit wem hast du dich im Café getroffen? Mit deiner Geliebten?« Sie verlässt türenknallend die Wohnung, läuft die Treppen herunter, bleibt auf der letzte Treppenstufe sitzen und heult alles aus sich heraus.

Er läuft ihr hinterher, hat plötzlich, bei ihr angekommen, wieder seine normale Stimme, die warme, werbende. Das ganze Missverständnis klärt sich bei einem Gläschen Wein auf: Michael erzählt, dass er im Café Nord zu einer Ärztekonferenz war. Als er Eva am Fenster sah – die Tagung war gerade zu Ende –, hat er sich eiligst von seinen Kollegen verabschiedet ...

»Na ja, dann bin ich dir hinterhergelaufen, beinahe wie in Studentenzeiten, nur, dass diesmal mein Herz anders schlug – es stöhnte und stolperte.«

Als Eva ihre Story erzählt hat, schwebt ihrer beider Lachen wie das Gurren von Tauben durchs Wohnzimmer. Er berührt mit den Fingerspitzen ihre Hand, die neben dem Weinglas auf dem Tisch liegt.

»Misstrauen, Eifersucht sind Worte, die wir beide aus unserem Vokabular ab heute endgültig streichen, okay?«, und seine Lippen tasten über ihr Gesicht.

Am nächsten Tag zeigt Michael ihr den Artikel in der Tageszeitung:

Jahresabschlussfeier der Kulturschaffenden des Kreises. Die Auszeichnungen der Kollektive wurden erwähnt, das Kulturhaus mit seinen Aktivitäten, die Medaillenvergaben für die Aktivisten.

Und dann: *Ein gelungenes Rahmenprogramm beendete den Abend. Die Frauen des Kreiskulturhauses zeigten mit sehr viel Enthusiasmus und Geschick ihre ersten selbstgeschneiderten Modelle.*

»Von einem Berichterstatter oder Reporter steht hier nichts …«

DEZEMBER

Adventsstimmung.

Rote, gelbe, bunte Sterne. Schwibbögen leuchteten an den Fenstern in die Dunkelheit.

Zeit der Besinnlichkeit und Ruhe.

Die Nähmaschinen waren in die hintersten Ecken verbannt.

Pyramide und Räuchermänner nahmen ihren Platz ein. Im Kulturhaus wurde gebastelt. Sterne aus Transparentpapier, aus goldenem Kaffeetütenpapier. Kleine Nussmännlein mit Hüten aus buntem Filz. Holzperlenketten für den Baumbehang. Man war erfinderisch.

Die Weihnachtsfeier fand im Kulturhaus mit beiden Kreativgruppen im großen Saal statt.

Die Organisatoren hatten einen Weihnachtsbaum organisiert. Eine große Kaffeetafel vorbereitet. Es gab Stollen und Weihnachtsgebäck.

Eva saß entspannt mittendrin in der fröhlichen Runde, als der Kulturhausleiter in den Raum kam, sie ans Telefon holte.

»Ein dringender Anruf.« Als sie den Hörer in der Hand hielt, die Stimme hörte, zitterte es in ihr.

»Hier Bartko. Wir bitten Sie, umgehend zu uns ins Polizeipräsidium zu kommen.«

Dann war das Gespräch auch schon beendet. Eva schaute zum Chef und seiner Sekretärin: »Kennen Sie einen Herrn Bartko? Ich hatte schon einmal einen ähnlichen Anruf. Die Stimme ziemlich analog – der Mann namenlos.«

»Ja ja, er will sicher nur eine Auskunft«, die Sekretärin hüstelte verlegen.

»Der Herr Bartko arbeitet im Polizeipräsidium.«

Sie wurde in einen fensterlosen Raum geführt. Ein Tisch in der Mitte des Raumes. Kreisrundes Licht fiel auf die Tischplatte, vor der Arno saß. Zwei Personen ihm gegenüber, einer fragte, einer schrieb. Sie musste an das Telefonat denken: Sechzehn Uhr Café Nord …

War einer von den beiden der anonyme Anrufer? Der Polizist, der sie in den Raum geführt hatte, bat sie, auf dem Stuhl neben der Tür Platz zu nehmen. Was wollten die Herren von Arno?

Was wollen sie von ihr? Warum die dringliche Aufforderung, sofort zur Polizeistelle zu kommen? Der Schreibende unterbrach.

Sie konnte sehen, wie sich sein Mund verhärtete. Er schaute zu Arno: »Hände auf den Tisch«, befahl er. Dies schien eine einstudierte Dramaturgie aus Drohung und Angst.

»Handflächen nach unten.« Arno gehorchte.

Der Fragende sah grußlos zu Eva:

»Wo, wie, durch wen haben Sie Herrn Arno Mayer kennengelernt?«

Er schaute auf eine vor ihm liegende Akte.

»Weshalb haben Sie sich keine professionelle Beratung betreffs der musikalischen Umrahmung ihrer Show geholt?« Eva wurde wachsam.

Achtung. Pass auf, was du sagst. Im Grunde kenne ich Arno nicht.

Was mag er verbrochen haben?

Als der Mann in Uniform von sozialistischer Musikkultur redete, von Vorgaben betreffs westlicher Schlagermusik, die er nicht beachtet habe, musste Eva, trotz aller Angst, die im Raum schwebte, ein Lachen unterdrücken.

Sie sah das Bild von den rotbackigen Äpfeln, die einer älteren Dame vor die Füße rollten, hatte den Song-Rhythmus der *Beatles* im Ohr und das begeistert klatschende Publikum.

Arno reagierte an jenem Abend wohl instinktiv, um die ungeplante Verlängerung der Show musikalisch zu untermalen. Er hatte ganz spontan eine Schallplatte von den Beatles aufgelegt.

Ein Herr – vermutlich ein Kulturfunktionär – war nach der Veranstaltung auf die Bühne gestürzt und hatte sich von Arno Personalausweis und seine Staatliche Spielerlaubnis zeigen lassen.

Diese Situation im Kopf, stand Eva furchtlos auf, legte Arno eine Hand auf die Schulter:

»Also, meine Herren, das mit der Musik ist ganz und gar mein Verschulden. Ich habe die Musik für Herrn Mayer ausgesucht. Herr Mayer hatte wenig Zeit, sich vorzubereiten, denn er arbeitet hauptberuflich als Krankenpfleger in unserem Kreiskrankenhaus. Schichtdienste, Nachtdienste. Sie wissen was das bedeutet?«

Arno musste ein Protokoll unterschreiben, ohne es vorher lesen zu dürfen und wurde mit autoritärer Stimme angewiesen, künftig zu prüfen, welche Musik er auf seinen Plattenspieler legt.

Als Eva mit Arno über den Parkplatz zum Auto wankte, herrschte zwischen beiden eine zitternde Wortlosigkeit.

Sie spürten Bewachungskameras im Rücken.

Den fensterlosen Raum. Die aggressiven Worte. Die kalten Krokodilsblicke. All das spukte noch lange in ihren Köpfen herum.

ACHTER MÄRZ

Internationaler Frauentag.
Allerorts Kaffeetafeln, Schlagermusik, Kulturprogramme.
Die Modegruppe voll im Einsatz.
Sie ahnten noch nicht, dass dies ihre letzten Frauentagsfahrten sein sollten.
Der Kleinbus – extra für die Gruppe gebucht – fuhr sie übers Land.
Von Veranstaltung zu Veranstaltung.
Von Dorfclub zu Dorfclub, zu Kulturhaussälen.
Zu Gasthöfen.
Aufgeregt, aber auch voller Freude und Elan präsentierten sie sich mit ihren Kreationen.
Leichte, locker beschwingte Bewegungen, begleitet von Schlagermusik.
So achteten sie sich selbst und wurden geachtet.
Der Jahreszeit entsprechend hatte die Gruppe sich neue Modelle ausgedacht.

Die im Handel erhältlichen weißen, langärmligen Männerunterhemden ergaben – auf linksgedreht, eingefärbt und mit Pailletten verziert – elegante Damenpullover. Handgestrickte Schals betonten die Lässigkeit.

Veranstaltungsleiter, Kellner, Barkeeper und Diskjockey waren die einzigen Männlichkeiten an jenem Tag.

Die Begrüßungsrede des Veranstalters, eine Hommage an die Frauen.

Die Bewirtung, eine Ehrung.

Arno jedoch hatte seine Leichtigkeit verloren. Die Anschuldigungen, das aggressive Verhör durch die polizeilichen Behörden im Dezember, waren tief in ihm verwurzelt.

Er begleitete die »Mädels«, weil man ihn so freundlich darum gebeten hatte. Und …, weil Ina dabei war. Sie hatte ihn bei der Suche nach geeigneter Musik eifrig unterstützt.

Außer der »Königin der Welt«, ließ Arno nun nur noch Ostschlager abspielen.

Chris Doerk, die bekannte Schlagersängerin dieser Zeit, sang – passend zum Märzwetter:

Die Sonne scheint, der Schneemann weint,

es geht ihm an den schönen weißen Kragen.

Keine Angst, kühler Mann,

wenn du schwankst, kühler Mann,

lassen wir dich nicht allein.

Werd` nicht gleich, kühler Mann,

schlapp und weich, kühler Mann …

Als Arno mit seiner Tenorstimme hinzufügte:

Die schönen Frauen, kühler Mann,
fangen dich auf, kühler Mann,
kam von allen Seiten tosender Beifall.

Anschließend gab es Kaffee und Kuchen, herzhafte Häppchen vom Büfett, warme Speisen. Getränke aller Art.

Man saß fröhlich beisammen, bis es dann Zeit war für die nächste Vorstellung, im nächsten Ort. Sie waren den ganzen Tag unterwegs.

Dieser Tag, ihr Tag.

Ein Traum von Schönheit, Glimmer, Sehnsucht. Gestalten, Körper im Licht.

Als Helene am späten Abend nach Hause kam, empfing sie ungewohnte Dunkelheit und Stille im ganzen Haus.

Sie suchte nach Uwe, der für gewöhnlich noch in seiner Werkstatt saß.

Auch da Dunkelheit. Stille. Das war befremdend.

Sie schaute an die Uhr.

Es war kurz vor Mitternacht. Wo kann er sein? Ist etwas passiert? Als sie in der Küche den Wasserkessel auf den Herd stellte, um sich noch einen Tee zu kochen, klingelte das Telefon.

Eva war am Apparat:

»Sag einmal, ist Michael bei dir?«

»Ha, und ich wollte dich fragen, ob Uwe bei dir ist.«

»Komisch, bei mir auf der Flurgarderobe liegt eine Nachricht von Michael, das heißt eher ein zu lösendes Rätsel. Eine psychologische Abhandlung. Typisch für ihn. Ich lese dir das mal vor.« Sie räusperte sich:

»Es gibt verschiedene Erklärungsansätze dafür, dass Menschen ihr Leiden mit anderen teilen müssen.

Leid offen zu kommunizieren und zu teilen, kann soziale Beziehungen vertiefen und sozialen Erfolg mit sich bringen.«

Als Eva eine tiefe Atempause einlegte, Helene das Gefühl hatte, dass sie noch nicht zu Ende war mit ihrem Vortrag, legte sie kurz den Telefonhörer beiseite, goss sich den Tee auf und setzte sich mit ihrem Teepot an den Küchentisch.

Eva stöhnte:

»Oh je, mein *Studiosus* mit seinen hochgeschraubten Worten.« Dann las sie weiter:

»Die Wahrnehmung des Leids anderer ist bei den meisten Menschen getrübt, sodass sie deren Leiden unterschätzen.

Da Menschen ein Bedürfnis nach sozialer Zugehörigkeit haben, ist es essenziell für Menschen, ihr Leiden zu teilen.«

Helene holte tief Luft:

»Was soll das denn bedeuten?«

Eva prustete jetzt laut los:

»Ha, ha, unter das Schreiben hat Michael ein lachendes Gesicht gemalt –

sehr dilettantisch, aber man kann es erkennen.«

»Offensichtlich leiden unsere Männer unter uns. Ich vermute mal, die sind in irgendeiner Kneipe.«

»Soll ich mal Silke anrufen, ob ihr Günter auch …?«

»Vielleicht ist er sogar auf die Idee mit der Kneipe gekommen. Er und Schwiegersohn Bernd sitzen oft im Ratskeller zusammen.«

»Ach, wir lassen sie einfach den freien Abend begießen. Frust abbauen. Männerabend feiern.«

Vier Männer, an Alkohol – wie Bier und Wodka – nicht unbedingt gewöhnt, grölen und halten sich vor Lachen die Bäuche.

Jeder von ihnen hat eine Geschichte parat.

Günter erzählt, wie er hinzukam, als seine Frau sich mit der neuen elektrischen Nähmaschine in den Finger genäht hatte. »Ungeübt natürlich. Das Pedal zu sehr durchgetreten, keine Ahnung, warum.« Er lacht: »Na ja, Fingerkuppe am Dekolleté, ersetzt eine teure Diamantenbrosche.«

Bernd hat auch eine Story zu bieten, wie er eines Morgens über die Straße zum Parkplatz eilt, da piekst etwas in seiner Unterhose zwischen den Beinen. »Beim Einsteigen ins Auto gab es einen heftigen Stich in mein allerbestes Stück. Ich war schon spät dran, musste eilen, mein Chef verlangt äußerste Pünktlichkeit am Arbeitsplatz. Also Zähne zusammengebissen und los…

Als ich am Sekretariat vorbeiging, konnte ich nur noch breitbeinig laufen, und dummerweise standen die Sekretärinnen an der Tür – ihr morgendliches Schwätzchen verwandelte sich in Gelächter. Ich eilte zur Toilette und entdeckte in meiner Hose das Ungeheuer: Eine Nähnadel.«

Brüllendes Gelächter. So richtig kann Bernd noch nicht lachen. »Damals glaubte ich an den Kündigungsgrund auf allen Ebenen. Aber mit genügend Alkohol im Blut konnte ich dann Gras darüber wachsen lassen.«

1989 – WENDEZEIT

Siebenter Oktober neunzehnhundertneunundachtzig. Eröffnung einer Kunstausstellung im Museum. Malerei: Sozialistischer Realismus.

Zur Vernissage stand eine Modenschau auf dem Programm.

Die Eröffnungsrede war mit sozialistischen Phrasen und hohlen Worten gespickt.

Prickelnde Stimmung im Umkleideraum.

Freude, Lockerheit wollten nicht aufkommen …

Hatte das Museum so dicke Wände, dass der Lärm der Straße nicht nach oben drang?

Waren sie nur mit sich und ihren neuen Kreationen beschäftigt?

Fand ihre Show in den überschaubaren Publikumsreihen überhaupt noch Beifall?

Wer saß im Saal?

Künstler, Funktionäre.

Macht Erfolg süchtig?

Sie hätten es wissen müssen.

Sie haben es gewusst.

Als sie aus dem Umkleideraum in den Veranstaltungssaal traten, wurden sie vom Blasorchester mit der Melodie der DDR-Nationalhymne begrüßt. Silke war geschockt und verließ rückwärts Schritt für Schritt die Bühne.

Doch man wollte Eva nicht enttäuschen – Vertrag ist Vertrag – so kämpften sie sich durch. Die musikalische Umrahmung war dürftig – der Kulturhausleiter bediente den Kassettenrekorder.

Die Stimmung war getrübt.
Keine »Königin der Welt«, keine Paola sang.

Arno und Ina waren über die Prager Botschaft in den Westen geflüchtet.
Arno floh vor den Bewachungskameras. Er wollte sich endlich seinen Traum von einem Medizinstudium erfüllen, das hatte er zuvor Eva vertraulich, leise flüsternd anvertraut. Ina war ihm gefolgt. So versuchte Helene mit ihrer vierjährigen Tochter an der Hand, Partnerin Ina zu ersetzen. Ihre Tochter, das einzige Mannequin, das an jenem Nachmittag mit ihren kleinen Füßen strahlend den Laufsteg entlang hüpfte.
Was war es, dass die Gruppe bewog, den 7. Oktober 1989 unter gehisstem Fahnenstoff hin- und herzuflankieren? Haben sie alles andere um sich herum nicht wahrgenommen? War es eine willkommene Ablenkung, den Protestdemonstrationen auf der Straße zu entkommen?

Sie legten hastig ihre Kleidungsstücke in die Koffer, ließen die Schlösser zuschnappen, nahmen ihre Sachen und gingen bedrückt und freudlos nach Hause.

Am darauf folgenden Montag liefen sie zwischen Menschenmassen durch die Straßen der Stadt, trugen Kerzen in den Händen.

Das Publikum war ein anderes.

Und einen Monat später hatte das kleine begrenzte Land sich befreit.

Jubel, Freude. Umdenken. Neuanfang.

Eine Euphorie ging durchs Land.

Die Kleiderkoffer standen noch griffbereit in irgendwelchen Ecken.

Doch ein neues, anderes Kapitel hatte Priorität.

Eine warme, aufregende Welle.

Das Gefühl, in einem Boot zu sitzen und einer neuen, freien Welt entgegen zu rudern.

Sommerfest auf dem Dorf. Das traditionelle Kirschenfest. Zwischen den Bäumen hing eine Girlande, Plastikwimpel in Rot, Weiß und Blau. Darunter Biertische, an denen die Männer vor ihren Bierkrügen saßen. Im Dorfkrug ein kleiner Umkleideraum. Die Modekollektion aus den Koffern befreit, frisch gebügelt. Die Augen, die Lippen, neue Schminkprodukte. Die Nase heftig mit Puderquaste übertupft.

Einen Versuch war es wert. Selbständigkeit.

Kein Kulturhausleiter im Nacken.

Über das Finanzielle hatten sie nicht nachgedacht.

Hatten sie überhaupt nachgedacht?

Im Saal bediente der Dorfälteste den Kassetten-Rekorder. Ein paar Frauen hatten sich eingefunden, um das Modenschauprogramm anzuschauen. Sie interessierten sich hauptsächlich für die Handarbeiten an den Kleidungsstücken.

Es war Ferienzeit.

Reisezeit. Viele neue unbekannte Ziele.

Ferne Länder, preisgünstig angepriesen.

Es fehlte das Interesse, die Beachtung.

Es fehlte das Verlangen, sich Selbstgeschneidertes aus Billigstoff anzusehen.

Es gab Supermärkte,

es gab Westware auf Wühltischen.

Es gab neue Läden mit Kleidungsstücken, die ganz nett aussahen, mehr kosteten, als sie sollten, und einem einredeten, dass man erst dann das richtige Leben führt, wenn man sie gekauft hatte.

Sie klammerten sich an Erinnerungen wie Schiffbrüchige an eine alte Planke.

DAS TREFFEN

Fast hätten sie ihre ganze Biografie in Kleidungsstücken erzählen können, wäre da nicht die sogenannte Wende gekommen.
 Wie und wann entstanden die Überschneidungen der Muster, in denen sich jeder bewegte?
Wie auf einem Schnittmusterbogen, Wege in rot und andere in blau, grün, lila.

Ereignisreiche kreative Jahre haben sie zusammengeschweißt, mit all ihrem Ideenreichtum, den Veranstaltungen, den Ehrungen; den Alltagssorgen. Sie sitzen zusammen bei Sekt und Wein, reden über Wichtiges, Unwichtiges.
Schwatzen, erinnern sich.
 Wie sie so dasitzen, sind sie alle irgendwie noch sie selbst, ohne Verkleidungen und Alterskrusten. Nicht mehr ganz jung. Ein paar Falten, vom Lachen, vom Nachdenken, vom Leben einfach. Von Zeit die vergeht.
Falten, wie Wege auf einer Landschaft.

Trotzdem scheinen die Dinge in der Zeit verschwunden, wären da nicht die Fotoalben, die akribisch gesammelten Zeitungsausschnitte, die Koffer mit den Kleidungsstücken.
Erinnerungen, Räume mit wandernden Türen.

Wisst ihr noch …?

»Silkes Silberhochzeit …, das neue Jahrtausend hatte gerade begonnen. Wir wollten sie mit einer Modenschau überraschen.«

»Katrin hatte unsere Schlagermusik der achtziger Jahre aus dem Internet heruntergeladen.«

»Wir haben Laufübungen versucht.«

»Die weichen, eleganten Bewegungen von damals wirkten holprig, kantig.«

»Wir haben unsere Kleiderkoffer wieder geöffnet, haben mühsam versucht, die Kleidungsstücke mit Bügelbrett und Bügeleisen in die richtige Form zu bringen. Und dann …«

»Wir stellten fest: Zu eng, zu kurz, nichts passte mehr.«

»Ja, und Helene hatte die Idee mit den Puppen. Die Puppen aus Pappmaché hatten wir mit unseren Modellen an jenem Abend durch den Saal getragen.«

Eng gewebt, das Netz der Erinnerungen.

Wie Weberschiffchen schieben sie die Gesprächsfäden hin und her.

Die Sektgläser sind geleert,
das Essen verspeist,
der Kellner bringt das Dessert.

Als sie an jenem Nachmittag noch einmal ihre Koffer öffnen, ist es als träten sie aus sich heraus und betrachten sich von außen.

Silke hält ein Kleidungsstück in die Höhe, es sieht frisch gebügelt aus.

»Meine Enkeltochter hat es kürzlich getragen. Seit sie von einer Reise aus Pakistan zurückgekehrt ist, gehört sie dem Bündnis für nachhaltige Textilien an.«

Silke redet noch wie früher, viel und lange: Von einem Textilbündnis, das die sozialen und ökologischen Bedingungen in der weltweiten Textilproduktion verbessern will.

»Das Bündnis richtet seine Arbeit an internationalen Vereinbarungen und Leitlinien aus, die die Prinzipien sozialer, ökologischer und ökonomischer Nachhaltigkeit definieren und den Rahmen für unternehmerische Verantwortung setzen.«

Eva ergänzt: »Tja, wir kommunizieren unsere Identität über die Kleidung. Und fragen uns zu selten, wo die Kleidungsstücke herkommen.«

»Wer von uns hätte das gedacht, dass wir mit unseren Modekreationen damals so umweltbewusst und …, wie sagst du, Silke, *nachhaltig waren.*«

»Jetzt tragen wir Kleidung von Modeketten, die farbenfroh und billig sind.« Katrin schaut an sich herunter: »Meine Jeans, mein T-Shirt.« Sie atmet tief durch:

»Wie sagt deine Enkelin? Den Preis bezahlen die Menschen, die die Kleidung produzieren.«

Helene fügt hinzu:

»Ja, ja die Umwelt. Unzählbare Abgründe hinter der schillernden Kulisse der Modeindustrie.«

Claudia steht auf, dreht sich im Kreis, spielt das galante Model:

»Hey, habt ihr bemerkt, dass meine Leinenbluse selbstgeschneidert ist?«, sie lacht.

»Das Ärmeleinnähen beherrsche ich inzwischen perfekt.« Bewunderung auf allen Ebenen.

»Der Stoff ist aus der Handweberei in der Oberlausitz.«

Erinnerungen wirbeln wild durcheinander.

»Super, die Handweberei gibt es noch?«

»Ich erinnere mich an einen gemeinsamen Ausflug Ende der achtziger Jahre.«

»Wir konnten damals in der Blockstube des Umgebindehauses der geschickten Handweberin über die Schulter schauen.«

»Es war beeindruckend.«

»Ich kann mich noch an das Klappern des Webstuhles erinnern.«

»Und wie die Weberin mit geschickten Händen das Schiffchen hin- und hergeworfen hat.«

Von allem was einst war, bleiben die leichten, schönen Erinnerungen.

Auch wenn es scheint, als haben sich die Pforten geschlossen, als wäre die Erinnerung ein Kino oder ein Theater, und die Vorstellung ist vorbei, die Zuschauerreihen leer und das Publikum nach Hause gegangen.

Was ist geblieben?

Ein bunter Faden, der nicht reißen kann.

Auch nach dreißig Jahren nicht.

Gemeinsam Erlebtes, das alle bis heute noch miteinander verbindet.

Eine bedingungslose Beziehung.

Eine Freundschaft, ein Zusammenhalt.

Eine Gemeinschaft.

Die Villa

Das ehemalige Kulturhaus, in dem die Story begann, ist heute ein repräsentatives Jugendstilhaus.

Die Glaskuppel, die sich über der zwei Geschosse übergreifenden Empfangshalle befindet, wurde im Krieg zerstört und ist 1988 vom VEB Denkmalpflege Dresden wieder rekonstruiert. Die sieben ehemaligen Wohnräume und Salons sind über zwei Etagen verteilt.

Die Innenräume zeigen eine chronologische Abfolge verschiedener Stilarten mit historischen Elementen von der Romanik über Rokoko bis hin zu orientalischen Gestaltungen im Obergeschoss. Die umfangreiche Sanierung der Villa und die Rückführung des Weigang-Areals zur historischen Gestaltung durch den jetzigen Eigentümer dauerten mehrere Jahre. Im Jahr 2001 beteiligte sich auch die Deutsche Stiftung Denkmalschutz an Fördermaßnahmen zur Restaurierung des Gebäudes. Unter anderem förderte sie Arbeiten an der original erhaltenen Stuckdekoration und restauratorische Malerarbeiten.

Abgesehen von belegten historischen Fakten sind Namen und Personen in diesem Roman entweder Erfindungen der Autorin oder wurden, wenn real, fiktiv verwendet.

Quellen aus Wikipedia:

Paola Felix – Mode 1985
Wiegenlied – Guten Abend, gute Nacht – Text von Johannes Brahms
Klartraum – Celis Green 1968 „Ein luzider Traum ist ein Traum, in dem sich der Träumende seines Traumes bewusst ist."
Coco Chanel – Der Beginn einer Leidenschaft
Juliane Schünke aus
„Psychologie der Sprichwörter"
Aus: Bündnis für nachhaltige Textilien, Portrait textilbuendnis.com

Christiane Schlenzig

Flügel zitternd im Wind

Neue überarbeitete Auflage
- 2020 -

Zehn Geschichten, jede eine Erzählung für sich und doch romanartig miteinander verknüpft. Geschichten aus den schützenden Nischen einer Diktatur.

Ein junger Mann flieht mit dem Schlauchboot über die Ostsee in den Westen, eine Großmutter sucht in der Vergangenheit nach dem Sinn des Lebens, eine junge Frau im Hier und Jetzt Fragen stellend, verlässt ihr Elternhaus um ein selbständiges Leben zu beginnen.

Drei Protagonisten, drei Leben im geteilten und dann wiedervereinten Deutschland, bis hin in unser 21. Jahrhundert.

www.christiane-schlenzig.de
Druck und Verlag:
www.BoD.de